KB268768

風林火山

풍림화산

임영기 新무협 판타지 소설

FANTASTIC ORIENTAL HEROES

풍림화산 4

임영기 新무협 판타지 소설

초판 1쇄 찍은 날 § 2010년 6월 15일
초판 1쇄 펴낸 날 § 2010년 6월 19일

지은이 § 임영기
펴낸이 § 서경석

편집장 § 문혜영
편집 § 주소영

펴낸곳 § 도서출판 청어람
등록번호 § 제1081-1-89호
등록일자 § 1999. 5. 31
어람번호 § 제2-1943호

주소 § 경기도 부천시 원미구 심곡2동 163-2 서경B/D 3F (우) 420-822
전화 § 032-656-4452 팩스 § 032-656-4453
http://www.chungeoram.com
E-mail § chungeoram@chungeoram.com

ⓒ 임영기, 2010

ISBN 978-89-251-2208-3 04810
ISBN 978-89-251-2123-9 (세트)

영혼의 이름, 사랑

4

풍림
화산

임영기
新무협·판타지 소설

FANTASTIC ORIENTAL HEROES

目次

第三十三章

지옥에서 온 사나이

풍림화산
풍림화산

단운비와 청산, 해룡사위는 영화루의 방에서 나와 이층 계
단으로 향했다.

강소성 남경에서 한소진을 목격했다는 정보를 접했기 때
문에 한시바삐 그곳으로 가려는 것이다.

주루 이층에는 여섯 개의 탁자가 있었으며, 그중 네 곳에서
손님이 식사를 하고 있었다.

단운비가 걸어가는 앞쪽 창가 자리에는 한 명의 여자가 창
밖 거리를 굽어보고 있었다.

십대 후반이나 이십대 초반의 나이에 일신에는 평범한 녹
의경장을 입고 어깨에는 눈처럼 흰 검, 즉 백검(白劍)을 메고

있다.

탁자엔 몇 가지 요리가 차려져 있었으나 녹의녀는 거의 손을 대지 않은 채 창밖만 내다보고 있었다.

그녀의 옷차림은 지극히 평범했으나 외모는 전혀 평범하지 않았다.

이층에 있는 세 탁자의 손님 십여 명이 식사를 하는 것도 잊은 채 녹의녀를 쳐다보느라 정신을 차리지 못하는 이유도 그녀의 외모 때문이다.

그녀는 아름다웠다. 그냥 아름다운 것이 아니라, 천지간에 존재하는 모든 피조물들 중에서 가장 완벽한 아름다움으로 빛나고 있었다.

사람들은 그녀를 보는 순간 머릿속이 텅 비면서 그때부터 시선을 떼지 못할 것이다.

그녀를 보고 있는 동안에는 시간마저도 정지할 듯했다.

그녀의 아름다움을 뭐라고 표현하는 것 자체가 어불성설일 것이다.

왜냐하면, 세상에 존재하는 그 어떤 표현으로도 그녀의 아름다움을 설명할 수 없을 것이기 때문이다.

오죽하면 잘 훈련된 해룡사위조차도 그녀를 보는 순간 해연히 놀라면서 그녀의 얼굴에서 시선을 떼지 못하겠는가.

녹의녀에게서는 범접하기 어려운 도도함과 오만함이 풍기고 있었다.

게다가 뭇 사람들의 시선에 익숙한 듯 얼굴을 붉히지도, 눈길을 주지도 않았다.

단운비는 걸어가면서 한차례 실내를 둘러보다가 녹의녀를 발견했으나 그저 스쳐 지나는 눈길로 일별(一瞥)했을 뿐 무심히 그녀의 곁을 지나쳐 걸어갔다.

그는 사람 사이의 정을 중요시할 뿐이지 외모는 조금도 개의치 않는 성품이다.

녹의녀는 창밖에만 시선을 고정하고 있어서 단운비를 발견하지 못했다.

해룡사위는 단운비가 계단을 내려가는데도 녹의녀에게서 시선을 떼지 못하고 있다가 잠시 후에야 화들짝 놀라 급히 단운비를 따라 내려갔다.

이들 해룡사위 네 사람은 모두 십칠 세에서 이십 세까지 젊은데다 남자는 헌앙하고, 여자는 더없이 아름다웠다.

무공이나 학문, 성정까지도 단운비를 그대로 답습한 그들인데도 녹의녀의 미모에 정신을 뺏겼던 것이다.

그들은 자신들의 실수에 얼굴을 붉히면서 스스로를 책망했으나 그 후로도 오랫동안 녹의녀의 모습이 뇌리에서 지워지지 않았다.

단운비 일행이 영화루 일층 입구로 나갈 때 한 떼의 남자들이 안으로 우르르 몰려들어 왔다.

그들은 단운비를 발견하고는 움찔 놀라더니 급히 허리를

굽혀 분분하게 예를 취하고는 다시 떼를 지어 안으로 달려들어 갔다.

그중 한 명이 점소이에게 묻는 말소리가 단운비의 귀에도 들려왔다.

"천절미화(天絶美花)가 이곳에 왔다면서? 어디에 있나?"

녹의녀는 아래층에서 들려오는 말소리에 살짝 아미를 찌푸렸다.

파리 떼처럼 지겨운 족속들이 몰려와서 귀찮게 굴 것이기 때문이다.

그래서 이제 그만 주루를 나가려고 몸을 일으키려 하던 그녀는 갑자기 아름다운 두 눈을 크게 떴다.

그러고는 상체를 창밖으로 내밀고 거리의 어떤 사람을 뚫어지게 주시했다.

시선 끝에는 조금 전에 그녀 곁을 스쳐 지났던 단운비가 있었다.

녹의녀는 여러 사람을 이끌고 거리를 걸어가고 있는 단운비를 눈도 깜빡이지 않은 채 뚫어지게 주시했다.

'단운비, 그 사람이야!'

그녀는 삼 년 사 개월쯤 전에 낙양성에 갔을 때, 신룡문에서 단운비를 모셨던 하녀 한 명을 포섭하여 화방(畵房)에 데리고 가서 그의 전신(초상화)을 상세하게 그린 적이 있었다.

　이후 독고연지는 전신을 품속에 지니고 다니면서 단운비를 찾아 헤맸었고, 하루에도 수십 번이나 전신을 자세히 들여다보며 골똘히 생각에 잠기곤 했었다.

　그렇기 때문에 전신의 단운비 모습이 실제로 눈앞에서 보는 것처럼 생생하게 그녀의 뇌리에 각인되어 있는 상태다.

　그런데 지금 그녀가 보고 있는 청년의 모습이 그녀의 머릿속에 새겨져 있는 단운비의 모습과 너무나 닮은 것이다. 구태여 품속의 전신을 꺼내서 확인해 보지 않아도 단운비가 분명했다.

　전신의 모습과 그녀가 지금 보고 있는 사람의 얼굴이 빼다박은 듯이 똑같지는 않다.

　하지만 그것은 전신을 그린 것이 삼 년하고도 사 개월 전이기 때문이다.

　말하자면 전신은 단운비의 십칠 세 때 모습이고, 지금 그녀가 보고 있는 것은 이십대 초반 청년의 모습이다. 단운비가 소년에서 청년으로 성장한 모습인 것이다.

　녹의녀의 시선이 빠르게 흐르면서 단운비의 뒤를 바짝 따르고 있는 한 명의 청년에게 옮겨졌다.

　‘청산이다!’

　청산이 공손히 따르고 있으니 앞선 사람은 단운비가 분명했다. 더 이상 확인할 필요가 없다.

　휘익!

녹의녀는 단운비를 만나기 위해서 나는 듯이 계단을 달려 내려갔다.

"앗! 천절미화다!"

"오옷!"

그때 계단으로 몰려 올라오던 사내들은 계단 위에서 충돌할 듯이 쏘아 내려오는 녹의녀를 발견하고 크게 놀라 외쳤다.

휘익!

그러나 녹의녀는 순식간에 사내들 머리 위를 날아서 주루 밖으로 쏘아나갔다.

사내들이 놀라서 뒤를 돌아보았을 때는 이미 녹의녀의 모습은 보이지 않았다.

'그사이에 사라지다니…….'

녹의녀는 거리 한복판에서 다급히 주위를 두리번거리면서 낭패한 표정을 지었다.

그녀가 주루 이층에서 단운비를 발견하고 그 즉시 주루 밖으로 달려나온 시간은 서너 호흡밖에 안 된다.

그런데 그 짧은 사이에 단운비의 모습이 감쪽같이 사라져버린 것이다.

그녀는 조금 전에 단운비가 걸어가던 방향으로 백여 장이나 달려갔다가 다시 주루 앞으로 돌아왔지만, 어디에서도 단운비의 모습을 발견하지 못했다.

주루 밖으로 달려나가면 단운비를 만날 수 있을 것이라고
만 생각했지, 잃어버릴 것이라고는 생각하지 않았기 때문에
그녀는 황당한 기분이 되었다.

그런데 찾으려는 단운비는 보이지 않고 지나던 행인들이
그녀 주위로 꾸역꾸역 모여들기 시작했다.

당금 천하에서 천하제일미라 칭송받는 녹의녀의 미모가
빛을 발하여 행인들의 발걸음을 붙잡고 있었기 때문이다.

장님이 아닌 이상 사람들이 녹의녀의 미모를 보지 못할 이
유가 없다.

그리고 일단 그녀를 봤다 하면 두 발이 그 자리에 뿌리를
내리고 꼼짝하지 않는다.

녹의녀는 어딜 가도 구경꾼들을 몰고 다니기 때문에 늘 그
들을 귀찮게 여긴다.

그런데 지금은 구경꾼들 때문에 사방이 차단되어 단운비
를 찾는 데 방해가 되자 은근히 짜증이 났다.

천성이 순하고 정의로우며 수양이 깊은 그녀지만 이 순간
만큼은 구경꾼들이, 아니, 자신의 뛰어난 미모가 싫었다.

"비켜요!"

그녀는 계속 몰려드는 사람들 틈새를 뚫고 빠져나가 한쪽
방향으로 무작정 달려갔다.

그녀가 경공을 전개하여 순식간에 사라지자 구경꾼들은
놀라면서도 아쉬운 표정을 지으며 뿔뿔이 흩어졌다.

'그가 살아 있다!'

녹의녀의 마음은 희망으로 부풀었다.

그녀는 대로변의 어느 삼 층 건물 지붕 꼭대기에 우뚝 서서 대로의 양쪽 먼 곳까지 살펴보았다.

그러나 단운비의 모습은 그 어디에도 보이지 않았다.

'그가 어딘가에 반드시 살아 있을 것이라는 내 믿음이 옳았어.'

그녀는 조금 전에 주루 창문으로 내려다본 사람이 단운비가 분명하다고 확신했다. 그래서 단운비를 찾지는 못했으나 그가 살아 있다는 사실을 확인한 것만으로도 큰 소득이라고 자신을 위로했다.

녹의녀는 다름 아닌 독고연지다.

무림을 양분하여 지배하고 있는 북문남보(北門南堡) 중에 남보 금검보의 소문주인 독고연지인 것이다.

그녀는 정확하게 삼 년 오 개월쯤 전에 정혼자인 단운비를 만나기 위해서 금검보를 떠났었다.

천하에 다시없는 개망나니인 단운비를 자신의 손으로 올바른 사람으로 만들겠다는 것이 목적이었다.

그러나 신룡문에는 단운비가 없었다. 그것은 예기치 않았던 일이었다.

그녀가 여러 방법으로 수소문하여 알아본 바에 의하면, 단

운비의 부친인 신룡문주 단도후가 아들의 망나니짓을 고치려
는 의도로 측근을 시켜서 그를 납치하여 어딘가에 내다 버렸
다는 것이다.

하지만 독고연지는 단운비를 어디에 내다 버렸는지는 끝
내 알아내지 못했다.

신룡문 내에서 그 장소를 알고 있는 사람이 문주 단도후와
세 명의 장로인 신룡삼협뿐일 것이라고 짐작은 가지만, 직접
대놓고 물어볼 수가 없었다.

그녀가 정혼자 단운비를 올바른 사람으로 만들겠다 결심
하고 금검보를 떠난 것을 알고 있는 사람은 부친 금검신성 독
고헌 한 사람뿐이다.

그녀의 그런 행동을 신룡문에서 알게 된다면 좋아할 리가
없을 것이다.

아내란 모름지기 여필종부(女必從夫)해야지, 남편을 뜯어
고치겠다는 것은 열흘 삶은 호박에 이빨도 들어가지 않을 어
불성설이기 때문이다.

단운비의 행방을 알아보기 위해서 전전긍긍하며 신룡문
주위를 맴돌던 그녀에게 행운이 찾아온 것은, 단운비가 부친
에 의해서 납치됐다는 사실을 알고 나서도 다섯 달이 지난 후
였다.

독고연지는 신룡문에 손님으로 머물고 있는 한 소녀를 우
연히 알게 되었다.

그 소녀의 이름은 손교라고 했는데, 놀랍게도 그녀는 자신이 단운비와 직접 살을 부대끼면서 몇 달 동안 함께 생활을 했다는 것이었다.

그러면서 그녀는 자신과 오빠가 얼마 전까지만 해도 항주성 하구촌에서 거지 생활을 했으며, 어느 날 단운비가 거지꼴을 한 채 버려져 있는 것을 자신이 발견하여 그때부터 함께 생활해 왔던 일들을 자세하게 설명해 주었다.

손교의 말에 의하면 단운비는 말로는 설명하기 어려울 정도로 비참한 거지 생활을 했다고 한다.

천하제일의 귀공자가 하루아침에 상거지가 되었으니 더 이상 무슨 말이 필요하겠는가.

단운비는 자신의 집이 있는 낙양으로 돌아가려고 눈물겨울 정도로 끊임없이 노력했다고 한다.

그러다가 어느 날 홀연히 실종되었다는 것이다. 단운비와 함께 있었던 청산이라는 사람이 백방으로 수소문했으나 끝내 찾지 못했다고 한다.

이후 청산은 손교와 오빠 흑곰을 낙양 신룡문으로 데리고 와서 완전히 새로운 생활을 하게 해주었다.

그리고는 다시 단운비를 찾으러 정처없이 길을 떠났다는 것이다.

손교에게 모든 설명을 듣고 난 독고연지는 그 즉시 항주성으로 왔었다.

그래서 하구촌에서부터 단운비의 발자취를 더듬어 항주성 인근을 샅샅이 살폈다.

그 결과 단운비의 마지막 행적을 발견할 수 있었다.

단운비는 항주성의 건달 패거리인 흑사파 두령 살모사라는 자에게 같은 건달 패거리인 혈랑파 두령 시랑을 죽이면 은자 이백 냥을 주겠다는 제안을 받았다.

단운비는 낙양 신룡문으로 돌아가기 위해서 은자가 필요했을 것이고, 그래서 살모사의 제안을 받아들였을 것이다.

이후 단운비는 몇 달 동안 산속에서 무술을 수련한 후에 청산과 함께 혈랑파에 찾아가서 시랑을 죽였다.

그러고는 시랑의 수급을 베어 흑사파로 가던 중에 홀연히 실종된 것이다.

그런 사실들은 독고연지가 직접 흑사파와 혈랑파에 찾아가서 알게 되었다.

독고연지는 단운비가 부친의 명령에 의해서 납치되어 항주성에 버려졌으며, 청산이라는 인물에 의해서 은밀하게 호위를 받으며 거지 생활을 하다가 실종된 것까지는 확인을 했으나 거기에서 막혀 버렸다.

단운비는 마치 하늘로 증발해 버린 것처럼 감쪽같이 사라져 버린 것이다.

독고연지는 반년에 걸쳐서 항주성과 인근을 이 잡듯이 조사했으나 단운비에 대해서 더 이상 알아내는 데에는 실패하고 말았다.

청산을 만나면 단운비에 대해 무엇인가 더 알 수 있을까 했으나 그마저도 여의치가 않았다.

청산은 신룡문에도 돌아가지 않았고, 항주성에서도 만날 수가 없었다.

이후 독고연지는 낙양과 항주성을 오가면서, 그리고 천하 곳곳을 주유하면서 단운비의 행적을 찾아 헤맸었다.

그러기를 삼 년여, 지성이면 감천이라고 마침내 조금 전에 항주성에서 단운비를 발견한 것이다.

파라락!

거센 바람이 지붕 용마루 끝에 서 있는 독고연지의 옷자락을 펄럭였다.

그녀는 오래전에 개봉성에서 아소라는 이름의 전직 기녀를 만난 적이 있었다.

아소는 단운비가 부친의 명령에 의해서 납치되기 직전에 마지막으로 만났던 개봉성 취봉각의 기녀였다.

천화공자(天花公子) 단운비가 천하에 다시없는 파락호에 난봉꾼이라는 세간의 소문만 들었던 독고연지에게 아소가 해준 말은 너무도 충격적이었다.

아소의 말에 의하면, 단운비는 파락호도, 난봉꾼도 아니었다. 아니, 오히려 더 이상 다정다감할 수 없으며 공명정대한 사람이었다.

그 당시 단운비는 아소에게 이런 말을 했다고 한다.

"즐거웠다, 아소. 두 가지 부탁이 있단다. 하나는 네가 기루를 떠나 평범한 여자로 돌아가 살았으면 하는 것이고, 또 하나는 내가 널 난폭하게 짓밟아서 여자로서의 기능을 완전히 상실시켰다는 소문을 내달라는 것이다. 좋은 남자 만나서 행복해라, 아소야. 그렇다고 이상하게 생각하진 말아라. 이런 소문이 먼 곳에 있는 어느 누군가의 귀에까지 흘러들어 가서 나와 그 사람을 엮어놓은 불행의 끈이 그만 끊어졌으면 하는 막연한 바람 때문이니까."

독고연지에게 그 말은 엄청난 충격이었다.
그녀는 아소의 말 중에 '어느 누군가' 와 '불행의 끈' 이 무엇을 뜻하는지 알고 있었다.
바로 '독고연지' 와의 '정혼' 이다.
단운비는 신룡문과 금검보 사이의 정략혼인에 반발하여 파락호이자 난봉꾼 행세를 했었던 것이다.
그가 천화공자라는 불명예스러운 별호를 얻게 된 시기는, 독고연지와의 정혼이 맺어진 때와 정확하게 일치했다.
신룡문주 단도후가 그런 사실을 알았더라면 단운비를 납치하여 항주성에 내다 버려서 정신을 차리게 하는 일 따위는 꾸미지 않았을 것이다.

그런 일을 꾸몄기 때문에 단운비는 거지로 전전하다가 실종되고 말았다.

그로 인해서 신룡문주는 크게 상심했을 것이고, 총력을 기울여서 단운비를 찾으려고 했으나 뜻을 이루지 못했다.

독고연지는 한 달 전에 낙양에 있었는데, 그때까지도 신룡문은 단운비를 찾지 못하고 있었다.

단운비에 얽힌, 그리고 그가 겪은 많은 일들의 시작에는 독고연지와의 '정혼'이 자리 잡고 있었다.

그는 신룡문과 금검보의 정략혼인이 자신의 파락호적인 행동으로 인해서 파혼되기를 희망했던 것이 분명했다.

그는 얼굴도 모르는 정혼녀인 독고연지가 불행해지는 것을 원하지 않았던 것이다.

그것만 보더라도 그는 어느 누구보다 공명정대한 사람이 분명했다.

독고연지는 처음에 단운비를 올바른 사람으로 만들려고 만나려 했으나, 그는 그럴 필요가 없는 훌륭한 사람이었다.

그래서 지금 그녀는 너무도 순수한 마음으로 정혼녀로서 정혼자를 만나고 싶을 뿐이었다.

단운비는 항주성에 다시 돌아온 것이 틀림없다.

항주성이 크다고는 하지만 그가 다시 사라지지 않는 한 반드시 만날 수 있을 것이다.

　　　*　　　*　　　*

　단운비는 청산과 해룡사위를 이끌고 항주성을 출발했다.

　그들 일행은 한나절 동안 쉬지 않고 말을 달려 태호(太湖)변의 평망촌(平望村)이라는 작은 마을에 당도하여 잠시 쉬기로 했다.

　그곳에서 목적지인 남경까지는 육백여 리의 먼 길이다. 말로 달려도 오늘 중으로는 도착하지 못할 것이다.

　쉬지 않고 무리해서 달려가는 것보다는 잠깐씩 쉬면서 길을 재촉하는 것이 더 빠르다.

　"드릴 말씀이 있습니다."

　주루에서 간단한 요기를 하고 난 후에 청산이 단운비에게 공손히 입을 열었다.

　청산이 옆 탁자에 앉아 있는 해룡사위를 힐끗 쳐다보자 단운비가 그들에게 명령했다.

　"물러가 있어라."

　해룡사위는 공손히 허리를 굽히고 주루를 나갔다.

　시골의 주루는 워낙 한적해서 손님이라고는 단운비와 청산밖에 없었다.

　단운비는 차를 마시면서 청산이 말하기를 기다렸다.

　항주성 영화루에서 청산을 만난 후 단운비는 그에게 아무것도 묻지 않았었다.

청산 또한 지난 삼 년여 동안의 일에 대해서 아무 말도 하지 않다가 이제야 비로소 무슨 말인가를 하려는 것이다.

항주성 영화루에서 나오자마자 출발했으니 두 사람이 대화를 나눌 만한 기회도 없었다.

"주군께 용서를 빌겠습니다."

청산은 깊숙이 가라앉은 목소리로 밑도 끝도 없이 불쑥 말했다.

단운비는 가볍게 의아한 표정을 지었으나 침묵으로 그의 다음 말을 기다렸다.

청산의 얼굴은 죄스러움으로 가득 물들어 있었다.

"삼 년 전에 속하는 주군께 거짓말을 했었습니다. 속하는 군사가 아니었습니다."

단운비를 처음 만났을 때 그는 자신이 국경을 지키는 군사이며, 백호(百戶)라는 지위였다고 말했다.

"속하는 신룡삼풍영(神龍三風影) 중의 한 명인 천풍영(天風影)입니다."

청산은 이마가 탁자에 닿을 정도로 고개를 숙인 채 말하고 나서 즉시 의자에서 일어나 바닥에 무릎을 꿇고 납작하게 부복했다.

"죄송합니다."

단운비의 얼굴에 커다란 놀라움이 떠올랐다가 오래지 않아서 보기 싫게 일그러졌다.

그는 신룡삼풍영이 무엇인지 너무도 잘 알고 있다.

그들 신룡삼풍영 세 명은 신룡문주의 그림자로서 천풍영, 지풍영(地風影), 옥풍영(玉風影)이라고 불린다.

하지만 신룡삼풍영이 누군지 알고 있는 사람, 그리고 얼굴을 본 사람은 신룡문주 한 사람뿐이라고 한다.

또한 그들은 신룡문 내에서 서열이 몇 번째인지도 정해져 있지 않다.

존재하면서도 존재하지 않는 존재이기 때문이다.

하지만 풍문에 의하면 신룡삼풍영의 무위가 신룡문 내에서 열 손가락 안에 꼽힌다고 한다.

그 말은 그들의 무위가 강북무림을 통틀어서 삼십 위 안에 꼽힌다는 뜻이다.

어쨌든, 단운비는 청산이 자신의 실제 신분에 대해서 고백한 순간 한 가지 사실이 뇌리를 후려쳐서 잠시 어이없다는 표정을 짓다가 차갑게 물었다.

"그렇다면 그 당시에 네가 나를 납치했던 것이냐?"

삼 년 반쯤 전에 단운비가 개봉성 취봉각에서 술에 취해 잠들어 있을 때, 납치하여 항주성 하구촌에 버린 인물이 청산이냐고 묻는 것이다.

단운비는 취봉각에서 자신을 납치한 자와 이후 지옥도로 납치한 자가 동일인물이라고 생각했었는데, 나중에 각각 다른 인물일 것이라는 결론을 내렸었다.

지옥도로 납치한 자가 삼천존으로 밝혀졌으니, 항주성으로 납치한 자만 밝혀지면 의문이 풀리게 되는 것이다.

청산은 바닥에 이마를 붙인 채 황송한 어조로 대답했다.

"아닙니다. 주군을 납치하여 하구촌에 유기한 사람은 신룡삼협의 이협(二俠)이십니다."

"이숙(二叔)?"

단운비의 표정이 홱 변했다.

엄격한 부친하고는 달리 신룡삼협 세 명의 숙부는 단운비에게 다시없는 친구이며 조력자로서 그를 많이 이해해 주었던 인물들이다.

그중에서도 이협.강무랑(姜武浪)은 단운비를 가장 아꼈던 숙부다.

그는 단운비를 위해서라면 목숨조차 아끼지 않을 정도였고, 단운비 역시 그랬었다.

그런데 청산의 말에 의하면, 바로 그 이숙 강무랑이 개봉 취봉각에서 취해 있는 단운비를 납치하여 항주성 하구촌에 버렸다는 것이다.

너무 큰 충격에 단운비는 잠시 정신이 멍해졌다.

그는 자신을 낙양성에서 납치하여 항주성에 버린 이유에 대해서 지난 삼 년 반 동안 줄기차게 생각했었다.

그의 인생이 송두리째 변한 시기가 바로 그때였으므로 눈만 뜨면 그 생각을 할 수밖에 없었다.

그 결과 몇 가지 가능성을 생각해 냈으며, 그중에는 부친이 납치를 명령했을지도 모른다는 것이 포함되어 있었다.

그러나 실제로 자신의 납치가 부친의 명령에 의한 것이며, 더구나 이숙 강무랑이 직접 나섰다는 사실을 청산의 입을 통해서 알게 되자 단운비가 받은 충격은 감당하기 어려울 만큼 컸다.

단운비는 얼굴을 잔뜩 찌푸린 채 청산을 쏘아보면서 꼼짝도 하지 않았고, 청산 역시 부복한 채 돌이 된 듯 미동도 하지 않았다.

햇수로 사 년여 동안의 길고도 험난했던 세월의 시발점이 부친의 명령에 의한 납치였다는 사실은 실로 충격적이었다.

부친이 무엇 때문에 그런 명령을, 아니, 짓을 했는지는 길게 생각해 보지 않아도 짐작할 수 있었다.

파락호이며 난봉꾼인 아들을 고쳐 보려는 의도였을 것이다.

하지만 실제 단운비는 파락호도 난봉꾼도 아니었다. 금검보 소문주 독고연지와의 정략혼인에 반발해서, 그것이 파혼되기를 원하여 일부러 망나니 행세를 했던 것이다.

단운비의 생각이 길어지고 있었다. 그는 처음에는 너무 분노하여 머리가 폭발해 버릴 정도였으나 시간이 흐를수록 냉정을 되찾아갔다.

감정적으로만 생각한다면 절대로 부친을 용서할 수 없는 일이다.

어떻게 아버지가 아들에게 그런 짓을 할 수 있단 말인가.

더구나 아들이 망나니가 된 원인이 순전히 부친이 정한 정략혼인 때문이 아닌가 말이다.

그러나 끓어오르는 감정을 다스린 후 이성적으로 생각한다면 이해하지 못할 것도 없다.

물론 부친이 꿈꾸고 있는, 이른바 원대한 천하대계(天下大計)를 이해한다는 것이 아니다.

단운비는 부친의 천하대계가 무엇인지 구체적으로는 모르지만 그것이 어떤 것인지 짐작 정도는 하고 있었다.

천하대계의 원점이 독고연지와의 정략혼인이며, 그렇게 강북의 신룡문과 강남의 금검보가 사돈지간으로 단단하게 맺어져서 천하무림을 좌지우지하려는 것일 게다.

단운비는 지금도 부친과 금검보주가 작당한 부질없는 천하대계를 이해하지 못한다.

다만 하루가 다르게 점점 더 망나니가 되어가는 아들의 모습을 부친이 더 두고 볼 수 없었을 것이라는 점은 이해할 수 있었다.

또한 단운비는 자신이 납치되어 항주성에 버려짐으로 인해서 자신의 인생이 어떻게 변모했는지를 생각해 보았다.

결론적으로 말하자면, 그가 낙양성에 계속 남아 있었다면

독고연지와의 정략혼인이 파혼되지 않는 한 여전히 천화공자
로서 살아가고 있었을 것이다.

하지만 지금의 그는 변했다. 변해도 이만저만 변한 것이 아
니다.

그리고 더 중요한 것은, 그가 예전보다는 지금의 삶에 훨씬
더 만족하고 있다는 사실이다.

부친이 친아들을 납치하여 버림으로써 말로는 설명하기
어려울 정도의 죽을 고생을 겪게 한 것은 용서할 수 없는 일
이지만, 그로 인해서 단운비는 많은 것을 깨달았으며 또 얻게
되었다.

그 첫째가 한소진과의 만남이다. 그의 이십일 년 짧은 생애
중에서 가장 행복했던 시기를 꼽으라고 한다면, 두말할 것도
없이 지옥도 수중 동굴에서 한소진과 동거했었던 일 년 동안
을 들 것이다.

지난 세월 동안에도 그렇게 행복했던 적은 없었으며, 앞으
로 살게 될 날들 중에서도 만약 한소진이 없다면 그렇게 행복
할 수는 없을 터이다.

두 번째는 단운비가 무공에 입문했다는 사실이다. 그로 인
해서 그는 새로운 세계에 들어설 수 있었다.

세 번째는 그가 항주성에 버려짐으로써 신룡문과의 관계
를 끊게 되었다는 것이다.

그는 죽어도 신룡문으로 돌아가지 않을 결심이며, 자신이

세운 세계에서 자신이 정한 규칙에 따라서 자유롭게 살아갈
것이다.

네 번째는 지금의 새로운 신분과 생활을 얻게 된 것이다.
그는 지금 생활에 어느 정도 만족하고 있다. 그리고 지금보다
더 백방으로 한소진의 행방을 수소문하여 그녀를 찾게 된다
면, 그의 인생은 비로소 성공이라고 할 수 있다.

일각 정도 침묵을 지키고 있던 단운비는 속으로 어떤 결론
을 내리고 청산에게 물었다.

"청산, 너의 임무는 무엇이었느냐?"

청산은 여전히 꼼짝도 하지 않은 채 공손히 대답했다.

"문주께서 속하에게 주군을 측근에서 호위하되 주군께서
죽음의 위기에 처하기 전에는 아무것도 돕지 말라고 명령하
셨습니다."

"이숙께서 날 납치하여 하구촌에 버릴 때 너도 함께 있었
느냐?"

"속하는 혼자서 따로 신룡문을 출발한 후에 항주성 내에서
이장로님을 만나 주군께서 버려진 장소만을 들었습니다. 직
후 이장로님께선 신룡문으로 떠나셨습니다."

"물론 네가 나를 주군으로 섬기겠다고 한 것은 계획의 일
부였겠지?"

그 물음에 청산의 몸이 눈에 띄게 움찔 흔들렸다.

"그렇습니다."

그는 구구하게 변명을 늘어놓는 성격이 아니다.

단운비는 그럴 것이라고 예상했기 때문에 별로 실망하지 않았다. 그는 가볍게 고개를 끄덕였다.

"됐다. 이제 너는 그만 신룡문으로 돌아가라. 아니, 네가 어디로 가든 내 알 바 아니다. 다만 내 눈에 보이지만 않으면 된다."

그러자 청산의 몸이 조금 전보다 더 크게 흔들렸다. 그는 조심스럽게 고개를 들어 단운비를 우러러보다가 다시 이마를 바닥에 대고 말했다.

"속하는 주군의 수하입니다."

"틀렸다. 너는 아버님의 수하다."

"문주께서는 속하에게 주군과 생사를 함께하라고 명령하셨습니다."

청산은 그렇게 말하면서 삼 년여 전에 단운비가 시랑을 죽인 직후에 실종됐었던 일을 떠올리고는, 자신의 말이 얼마나 허무맹랑한지를 깨닫고 착잡한 심정이 되었다.

신룡문주는 청산에게 단운비와 생사를 함께하라고 명령했는데, 청산은 삼 년여 동안이나 그의 행방조차 모르고 있었으니 입이 열 개라도 할 말이 없다.

그렇지만 단운비는 청산의 그런 약점을 들출 만큼 가혹한 사람이 아니다.

"청산, 너는 내가 삼 년 동안 어디에 있었는지 아느냐?"

단운비의 목소리가 비감하게 젖어들었다.

그가 지금 하려는 말은 한소진 외에는 어느 누구에게도 하고 싶지 않은 것이었다.

하지만 청산의 배신에 감정이 크게 흔들려 자신도 모르게 울컥 내뱉어진 말이다.

청산은 그의 목소리에서 무언가 심상치 않음을 느꼈다.

"말씀해 주십시오."

"나는……."

단운비는 말을 흐렸다. 지난 삼 년여를 생각하니까 또다시 울컥! 하고 격한 감정이 치밀어 오른 것이다.

"나는 지옥에 있었다."

"……."

청산은 부르르 격하게 몸을 떨었다. 이어서 이끌리듯이 고개를 들고 단운비를 우러러보았다.

청산은 얼마 전에 항주성 주루 영화루에서 단운비를 삼 년여 만에 다시 만났을 때, 그가 많이 변했다는 사실을 한눈에 알아보았었다.

그런데 지금 보니까 많이 변한 정도가 아니라 단운비는 완전히 다른 사람이 되어 있었다.

삼 년 전의 단운비는 강직하면서도 순수하고, 또 올곧은 표정을 하고 있었다.

그러나 지금은 세상사를, 아니, 삼라만상을 달관(達觀)한 것처럼 무념무상(無念無想)의 얼굴을 하고 있었다.

도대체 어떤 일을 겪었기에 삼 년 만에 사람이 이토록 변할 수 있단 말인가.

조심스럽게 단운비의 얼굴을 우러르던 청산은 한순간 움찔 몸을 떨었다.

그의 얼굴에서 두 가지 모습을 발견했기 때문이다.

부처[佛]와 아수라(阿修羅)의 모습이다.

부처는 깨달음이며 자비로움이고, 아수라는 마귀(魔鬼)다.

청산은 부르르 격렬하게 몸을 떨었다.

어떻게 인간이 하나의 얼굴에 부처와 아수라의 모습을 동시에 지닐 수 있는지 이해할 수 없는 일이다.

그러나 청산은 한 가지 사실을 어렴풋이나마 짐작할 수 있었다.

'나는 지옥에 있었다' 라는 단운비의 말이 그 해답일 것이라는 짐작이다.

'지옥에 있었다' 라는 짧은 말이 모든 것을 함축하고 있으니, 더 이상 무슨 말이 필요하랴.

청산은 가슴이 짓이겨지는 죄스러움과 슬픔을 느꼈다.

그래서 그는 더욱 단운비 곁을 떠날 수가 없다. 그의 곁에 머물면서 자신의 죄를 씻어야 하기 때문이다.

그때 단운비가 조용한 목소리로 입을 열었다.

"지옥에서 나는 아버님을 비롯한 신룡문과의 모든 인연을 끊겠다고 결심했었다."

청산은 다시 이마를 바닥에 대고 단운비의 말을 들었다.

"이제 너의 말을 들으니까 그나마 조금 남아 있던 아버님에 대한 감정마저도 깨끗이 정리가 되는구나."

청산은 단운비의 목소리가 조금 허허로워졌다는 생각이 들었다.

"너는 신룡문 사람이다. 네가 내 곁에 있으면 나는 여전히 신룡문과의 인연을 끊지 못하게 되는 것이다. 너는 나와 신룡문을 연결하는 끈이다. 나는 그 끈을 끊고 싶다."

쿵!

청산은 이마를 세차게 바닥에 부딪쳤다.

"아닙니다. 주군을 다시 만나는 순간부터 속하는 주군의 사람입니다. 속하도 신룡문과의 인연을 끊겠습니다."

그 말은 단운비에 대한 어떠한 사실도 신룡문에 알리지 않겠다는 뜻이다.

"후후……."

청산의 머리 위에서 단운비의 허허로운 웃음소리가 빗물처럼 흘렀다.

"내가 아버님을 죽이라고 해도 따를 수 있느냐?"

움찔!

청산의 몸이 떨렸다. 그는 금세 대답하지 못했다. 거짓말을 하지 못하기 때문이다.

신룡문과의 인연을 끊고 단운비에게만 충성을 하겠다고 해도 어떻게 신룡문주를 죽일 수 있겠는가.

단운비가 부친을 죽이라는 명령을 내리지 않을 것이라는 사실을 청산은 잘 알고 있다.

청산이 익히 알고 있는 단운비는 그런 천인공노할 패륜아가 아니다.

그는 단지 청산의 마음을 떠보려는 것일 뿐이다. 그런 줄 알면서도 청산은 거짓말을 하지 못했다.

신룡문주는 청산에게 단운비와 생사를 함께하라는 명령을 내렸다.

그 말은 단운비와 함께 무사히 신룡문에 귀환을 하게 되면 청산은 신룡삼풍영의 천풍영으로 복귀하게 되겠지만, 그러지 못할 때에는 단운비를 주군으로 모시고 행동을 함께하라는 뜻이다.

그런 이유로, 삼 년여 전에 청산이 자신의 신분을 속인 것은 피치 못할 사정이 있기 때문이지만 단운비를 주군으로 모신 것은 진심이었다.

단운비가 실종되었던 지난 삼 년여 동안의 청산의 삶은 숨을 쉬고 밥을 먹어도 살아 있는 것이 아니었다.

단운비를 찾기 위해서 신룡문이 있는 낙양성과 항주성을 오가기를 수십 차례, 발이 부르트도록 천하를 또 얼마나 헤매

없는가.

결과적으로 그는 단운비와 생사를 함께하라는 신룡문주의 명령을 수행하지 못했으며, 주군인 단운비를 그림자처럼 모셔야 하는 임무도 실패하고 말았었다.

그런데 이제 삼 년여 만에 극적으로 다시 단운비를 만나게 되었다.

신룡문주와 단운비 두 사람에게 죄를 씻는 길은 단운비에게 목숨을 맡기는 방법뿐이다. 그것이 아니면 청산은 살아 있을 의미가 없는 것이다.

슥―

무릎을 꿇은 채 이마를 바닥에 대고 있는 청산의 귀에 단운비가 자리에서 일어나는 기척이 전해졌다.

"가라."

저벅저벅.

단운비는 그 한마디를 남기고 청산 곁을 스쳐 지나 입구로 걸어갔다.

청산은 갑자기 꿇어앉은 바닥이 푹 꺼지는 듯한 극심한 절망을 느꼈다.

차륵―

단운비는 주인에게 음식 값을 지불하고 나서 입구의 주렴을 걷었다.

창!

그때 뒤쪽에서 검을 뽑는 소리가 들려왔다.

청산은 검을 뽑자마자 번개같이 자신의 목을 베어갔다.

청산 정도의 고수가 자결을 하기로 작정하고 실행에 옮기면 웬만한 실력으로는 막을 수 없다.

그는 신룡문에도 돌아가지 못하고, 단운비에게도 버림을 받을 바엔 차라리 자결을 선택한 것이다.

쨍!

그 순간 날카로운 음향이 터졌다.

그리고 청산은 자신의 목을 자르지 못했다.

탕!

그의 손에는 검파만 쥐어져 있고, 잘려 나간 검신이 주루 반대편 벽에 깊숙이 꽂혔다.

청산은 크게 놀란 얼굴로 단운비를 쳐다보았다.

입구에 우뚝 서 있는 단운비는 청산을 향해 뻗었던 오른손을 천천히 내렸다.

청산은 자신의 손에 남은 검파와 단운비를 번갈아 쳐다보면서 믿어지지 않는단 표정을 지었다.

단운비와 청산과의 거리는 삼 장 정도다. 지금 벌어진 상황으로 봐서는 단운비가 지풍을 발출하여 청산의 검을 분질렀다는 것을 의미한다.

장풍을 발출하려면 최소한 팔십 년의 공력이 필요하지만, 반면에 지풍은 백 년 공력이 있어야 흉내라도 낼 수 있다.

그런데 지금처럼 삼 장 거리에서 정확하게 검을 적중시키고 또 부러뜨릴 정도의 위력을 발휘하려면 이 갑자 이상의 공력이 있어야 가능하다.

청산은 경악에 가까운 표정으로 단운비를 쳐다보았다.

단운비는 지난 삼 년여 동안 지옥에 있었다고 했다. 그런데 그 삼 년 만에 지풍을 아무렇지도 않게 발출하는 이 갑자 공력의 초일류고수가 되어 나타났다.

아니, 지금 상황에 맞게 이 갑자 공력을 발휘했을 뿐이지 실제 공력은 그보다 더 높을 수도 있다.

그렇지만 지금의 청산은 언제까지나 놀라고 있을 수만은 없는 처지다.

자결을 함으로써 조금이나마 죄를 씻으려는 것마저 제지당했기 때문에 비참하기 이를 데 없는 심정이 된 것이다.

"주군, 어이해……."

너무도 비참한 심정의 청산은 말을 잇지 못했다.

단운비는 복잡한 표정으로 청산을 주시하더니 이윽고 한숨처럼 중얼거렸다.

"청산, 두 번씩이나 깃털을 남기지는 않도록 해라."

"……."

청산은 눈을 휘둥그렇게 뜨고 잠시 멍한 표정을 지었다.

그러고는 자신이 단운비에게 용서를 받았다는 사실을 깨닫고는 걷잡을 수 없이 눈물이 솟구쳤다.

“크흑! 주군……”
　청산은 단운비를 향해 부복하여 이마를 바닥에 대고 온몸
을 떨면서 흐느낌을 터뜨렸다.

第三十四章

한소진의 눈물

풍림화산

항주성 외곽 옥황산(玉皇山) 자락에 위치한 명문정파 벽검궁(碧劍宮)은 항주성의 패자다.

세 개의 검은 그림자가 벽검궁의 뒷담을 기척없이 날아서 넘고 있었다.

검은 그림자들은 칠흑 같은 밤보다 더 새카만 흑의를 입고 있는 세 명의 고수들이었다.

뒷담을 넘은 세 명의 흑의인은 벽검궁 내부를 잘 알고 있는 듯 전각과 정원, 인공 호수 사이를 경공을 전개하여 빠르게 쏘아가고 있었다.

그들이 전개하고 있는 경공은 매우 특이했으며 무림의 일류고수들보다 훨씬 더 빨랐다.

또한 보통 경공을 전개하면 옷자락이 펄럭이는 소리가 나게 마련인데, 이들은 추호의 기척도 내지 않았다.

오죽하면 벽검궁 내부를 순찰하고 있는 일 개 조 다섯 명의 벽검고수 등 뒤 이 장 거리에서 세 명의 흑의인이 쏜살같이 스쳐 지나는데에도 벽검고수들은 아무것도 모르고 있겠는가.

벽검고수들 입장에서는 행운이다. 만약 그들 중 한 명이라도 뒤를 돌아봤다면, 다섯 명 모두 그 즉시 황천으로 떠났을 것이기 때문이다.

세 명의 흑의인 중에 두 명이 벽검궁 한복판에 위치한 삼 층의 웅장한 전각을 향해 뒤쪽으로 쏘아가다가 좌우로 쫙 갈라지더니 전각의 벽에 거의 붙듯이 쏘아갔다.

그리고 나머지 한 명은 전각에 부딪칠 듯이 가까이 접근했다가 번쩍 수직으로 솟구쳐 지상에서 구 장 높이의 삼 층 꼭대기를 단번에 날아 넘었다.

그 전각은 벽검궁 내에서 가장 큰 규모로, 궁주인 벽풍검웅 예강조의 집무실이며 거처다.

전각의 대전 입구 양쪽에는 두 명의 벽검고수가 장승처럼 꼿꼿하게 서서 지키고 있었다.

그때 전각 양쪽 모퉁이를 돌아 한 명씩의 흑의인이 대전 입구를 향해 쏘아왔다.

벽검고수들은 자신들의 좌우에서 두 흑의인이 일 장 거리까지 쇄도하고 있는데도 까맣게 모르고 있었다.

파팍!

그러더니 두 흑의인이 자신들의 사혈을 찌르는 순간까지도 정면만을 주시하고 있다가 꼿꼿하게 선 채 즉사했다.

두 흑의인은 쓰러지려는 두 명의 벽검고수를 붙잡았다.

그때 전각을 날아서 넘은 또 한 명의 흑의인이 위에서 아래로 급전직하 내리꽂히듯이 쏘아 내렸다.

슈우우―

그는 바닥으로부터 두 자 높이에서 급격하게 방향을 틀더니 대전 안으로 쏘아 들어갔다.

남아 있는 두 명의 흑의인은 두 벽검고수의 시체를 대전 안으로 끌고 들어갔다.

잠시 후에 두 사람이 느긋하게 걸어나오는데, 옷 위에 벽검고수의 옷을 덧입은 두 명의 흑의인이었다.

그들은 원래 벽검고수들이 서 있던 곳에 우뚝 선 채 꼼짝도 하지 않았다.

그들은 원래 무혼살을 호위하는 아홉 명의 비, 즉 구비에 속하여 무혼일비(無魂一秘)와 무혼이비(無魂二秘)라고 불렸었으나 며칠 전에 혈오(血五)와 혈육(血六)으로 이름이 바뀌었다.

예전 삼천존 휘하에서 사무살과 삼십육비라는 이름을 갖

고 있던 사십 명은, 독천의 최정예고수로서 혈일(血一)부터 혈사십(血四十)까지의 이름을 갖게 되었다.

또한 삼천존 휘하에 있던 독천의 고수들, 즉 용호(龍虎) 이개 전 열 개 당 휘하의 천 명은 가운데 중(中)과 동서남북(東西南北) 다섯 개 단(壇)으로 재정비되었다.

방금 전에 대전 안으로 혼자 쏘아 들어간 흑의인은 독천의 새 주인이자 혈일(血一)이었다.

추호의 기척도 없이 방문이 살짝 열리고, 그 사이로 혈일이 밤안개처럼 스며들었다.

넓고 화려한 실내는 여러 칸으로 이루어졌으며 문이 따로 없이 서로 통하는 구조로 되어 있다.

혈일은 마치 자신의 방에 들어온 것처럼 느긋한 동작으로 주위를 둘러보았다.

그는, 아니, 그녀는 삼 년 전까지 한 남자에게 '한소진' 이라는 사랑스러운 이름으로 불렸었다.

그리고 그로부터 삼 년 후에는 '무혼살' 로, 그리고 지금은 스스로 지은 '혈일' 이라는 이름을 갖고 있다.

검고도 긴 머리카락을 치렁치렁 늘어뜨리고, 밀랍처럼 새하얀 얼굴을 지닌 너무도 아름다운 얼굴.

그러나 그녀는 얼마 전보다도 더 짙은 마기(魔氣)를 얼굴과 온몸에서 발산하고 있었다.

독천의 주인 삼천존의 삼 갑자 공력을 흡수하여 그중 일 갑자를 자신의 것으로 만든 덕분에 원래 오성(五成) 수준이었던 천마신공이 육성으로 증가했기 때문에 마기가 더욱 짙어진 것이다.

이윽고 혈일의 시선이 한곳에 멈추는가 싶더니 슬쩍 어깨를 흔들자 구름이 흐르듯이 그곳을 향해 스르르 빠르게 이동했다.

스으으.

혈일이 가까이 다가가자 침상에 드리워진 비단 휘장이 저절로 걷어졌다.

휘장 안으로 들어선 혈일은 침상 위에 나란히 누워 잠들어 있는 일남일녀를 굽어보았다.

그들은 벽검궁주 예강조 부부이며, 예강조가 오늘 밤 혈일의 제거 대상이다.

현재 혈일의 마음속에 가득 들어차 있는 것은 단 두 가지뿐이다.

단운비에 대한 한없는 사랑과 그리움, 그리고 천마신공 때문에 생성되어 나날이 짙어지는 마성(魔性)이다.

혈일은 사랑하는 정인 단운비를 잃은 것에 대한 보복으로 대천회를 깡그리 쓸어버리겠다고 결심했다.

그리고 대천회에서 계획했던 살비굉규의 마지막 삼 단계, 즉 삼천혈세록에 올라 있는 천하무림의 명망 높은 삼천 명을 암살하는 일을 계속하기로 했다.

목적은 대천회와 똑같다. 천하무림을 제패하는 것이다.

그렇게 하라고 시키는 것은 그녀의 온몸을 지배하고 있는, 거부할 수 없는 마성의 힘이다.

그때 예강조가 부스스 눈을 떴다. 잠결에 으스스한 마기를 느꼈기 때문이다.

“……!”

그는 눈을 뜨자마자 머리맡에 서서 자신을 굽어보고 있는 낯선 여자를 발견하고 움찔 놀랐다.

웬만한 사람이라면 이런 상황에서 혼비백산할 법한데도 과연 예강조의 담력은 대단했다.

그러나 담력만으로는 코앞까지 닥친 죽음의 그림자를 걷어내지 못했다.

예강조는 번개같이 상체를 일으키면서 입을 여는 것과 동시에 머리맡의 검을 집어들려고 했다.

그러나 어느 것 하나 시도하지 못했다. 오죽하면 베개에서 머리조차 떼지 못했겠는가.

파파팍!

그전에 혈일이 섬섬옥수를 튕겨 지풍을 날려서 그의 마혈과 아혈을 동시에 제압해 버린 것이다.

예강조는 찰나지간에 제압당해 버리자 상대의 놀라운 수법에 크게 놀랐다.

　방금 전에 혈일을 발견했을 때에는 잠이 덜 깬 상태였으나,
제압당한 직후에 그는 완전히 제정신을 차렸다.
　그는 한밤중에 잠입하여 자신을 제압한 낯선 여자에 대해
서 아무것도 모른다.
　상대가 누군지, 무엇 때문에 침실까지 잠입을 했는지, 그리
고 무엇을 원하는 것인지 알 수가 없다.
　그가 할 수 있는 유일한 동작은 눈을 껌뻑거리면서 눈동자
를 굴리는 것뿐이었다.
　그는 눈동자를 굴려 낯선 여자의 얼굴에 고정시켰다.
　"……!"
　그 순간 그는 온몸을 부르르 세차게 떨었다.
　낯선 여자의 두 눈 깊은 곳에서 붉은 기운이 일렁이고 있는
것을 발견한 것이다.
　그리고 그녀의 창백한 얼굴과 온몸에서 파도처럼 뿜어지
는 무시무시한 마기.
　순간 한줄기 번갯불이 그의 머리를 관통하는 것처럼 떠오
르는 한마디가 있었다.
　'처… 처… 천마신(天魔神)!'
　전설은 말하고 있다.

　―천마신공을 익힌 자가 현세에 출현한다면, 그는 천마신
이라 불릴 것이며 천하는 시체의 산과 피의 바다를 이루게 될

것이다.

천마신공을 익히면 동공 속에서 홍염이 일렁인다는 사실
은 수천 년 전부터 입에서 입으로 전해 내려오는 소문이다.
예강조는 잘못 보지 않았다. 자신을 제압한 낯선 여자의 동
공 깊은 곳에서는 분명히 홍염이 지옥의 불길처럼 이글거리
고 있었다.
두려움이라고는 모르는 예강조지만, 지금 그는 생애 처음
이자 마지막인 처절한 공포를 느끼고 있었다.
하지만 그의 공포는 길지 않았다.
슥—
혈일이 갑자기 그의 단전에 손바닥을 갖다 댄 것이다.
예강조가 영문을 몰라 움찔하는 순간,
수우우.
그의 단전이 은은히 불그스름하게 물들더니 한 덩이의 붉
은 기운이 빠르게 혈일의 손과 팔을 통해서 그녀의 체내로 빨
려 들어갔다.
그의 일 갑자 반 구십 년 공력이 고스란히 혈일에게 흡수되
어 버린 것이다.
"……."
예강조는 자신의 공력이 단전에서 빠져나가는 것을 생생
하게 느끼면서 하늘이 무너지는 절망을 맛보았다.

무림인에게 공력은 생명보다 더 소중한 것이다. 공력을 송두리째 잃은 그는 설사 혈일이 살려준다고 해도 죽는 것보다 못한 삶을 살게 될 것이다.

혈일은 예강조의 구십 년 공력 중에서 이십 년 남짓 공력을 자신의 것으로 만들 수 있었다.

그녀가 배운 천마신공은 천하마공의 집대성(集大成)이며 정수(精髓)라고 할 수 있다.

그중에는 사람의 공력이나 정기, 혹은 음양의 기운을 흡수하여 자신의 것으로 만드는 수법도 있다.

예강조는 온몸을 부들부들 떨어댔다. 공력이 빠져나가는 고통과 깡그리 사라져 버린 공력의 부재에서 오는 고통이 한꺼번에 엄습했기 때문이다.

그러나 아혈이 제압되었기 때문에 입으로는 신음조차 흘려낼 수가 없다. 그저 온몸과 표정으로 고통을 호소하고 있을 뿐이다.

"으음… 여보… 무슨 일이 있어요……?"

그때 예강조가 몸을 떠는 바람에 그의 아내가 몸을 뒤척이며 잠에서 깨어났다.

'아…안 돼!'

그 와중에도 예강조는 속으로 절규를 터뜨렸다. 아내가 계속 잠들어 있으면 생존할 가능성이 있으나 깨어난다면 그 반대일 것이라고 생각한 것이다.

그 순간 혈일이 무표정하게 예강조 아내를 향해 슬쩍 왼손
을 떨쳤다.

빡!

그러자 혈일의 손에서 붉은 기운이 일렁이는 것 같더니 예
강조 아내의 머리가 산산이 박살 나버렸다.

비명을 질러야 할 입조차 사라져 버렸기 때문에 신음조차
지르지 못했다.

예강조의 상심은 길지 않았다. 혈일이 그의 단전에서 손을
떼면서 약간의 기운을 주입한 것이다.

퍽!

순간 그의 전신 중요 대혈이 한꺼번에 폭발해 버렸다.

소리는 작았으나 그의 온몸 핏줄이 터지면서 피가 사방으
로 분수처럼 뿜어졌다.

그는 머리가 터지지는 않았지만 비명을 지르지 못하기는
마찬가지였다.

혈일의 몸에는 한 방울의 피도 튀지 않았다. 투명한 호신막
이 그녀와 예강조 사이를 차단했기 때문이다.

조금 전까지만 해도 편안하게 곤히 자고 있던 예강조 부부
는 지금 더 이상 참혹할 수 없을 정도의 모습이 되어 침상에
누워 있었다.

혈일은 들어올 때와 같은 무표정한 얼굴로 침상 위에 슬쩍
시선을 주고는 즉시 몸을 돌려 실내를 나갔다.

그녀가 들어올 때와 다른 점이 있다면, 항주성의 패자인 벽검궁주 예강조가 죽었다는 것, 그리고 그녀의 공력이 이십 년 남짓 증가했다는 사실이다.

*　　　*　　　*

단운비 일행이 강소성 남경성 동빈각에 도착한 것은 다음 날 늦은 오후였다.

남경성 번화가에 위치한 동빈각은 꽤 큰 규모로, 일층이 주루고 이층이 객잔으로 사용되고 있었다.

"이 여자가 맞습니다. 틀림없어요."

단운비가 내민 한소진의 전신을 살펴본 동빈각의 점소이는 길게 볼 것도 없다는 듯 전신을 단운비에게 돌려주면서 호언장담했다.

단운비는 주인과 점소이에게 사례로 두둑한 은자를 준 후 자세한 설명을 들었다.

"여자가 너무 아름다운데다 소인이 시중을 들었기 때문에 아직도 생생하게 기억을 하고 있습니다요."

점소이는 그녀의 모습을 떠올리고는 입에서 침을 튀기며 설명을 시작했다.

열하루 전 땅거미가 질 무렵에 한 여자가 동빈각에 들어와서 객방을 하나 빌려 투숙했다.

일신에 눈처럼 흰 백의경장을 입고 어깨에는 한 자루 검을 멨는데, 하늘에서 방금 하강한 것처럼 절세미녀였다.

그녀는 투숙한 이후 그 다음날 아침에 떠날 때까지 한차례도 방에서 나온 적이 없다.

대신 투숙한 날 저녁 식사와 다음날 아침 식사를 객방으로 시켜서 먹었다.

점소이가 저녁 식사를 갖다 주러 갔을 때 그녀는 창밖을 내다보면서 깊은 생각에 잠겨 있었다.

그리고 다음날 아침 식사를 갖다 주러 갔을 때는, 침상 위에서 단정한 자세로 운공조식을 하고 있었다.

그 외에 특기할 만한 일은, 저녁 식사 후에 한 명의 흑의인이 그녀를 찾아와서 일각쯤 그녀 방에 머물다가 돌아간 것이 전부다.

설명을 마친 점소이는 저녁 식사를 갖고 들어갔을 때 깊은 생각에 잠겨 있는 그녀의 옆모습을 본 자신의 느낌에 대해서 말했다.

“누군가를 몹시 그리워하는 듯한 슬픈 얼굴이었습니다. 그녀의 아름다운 눈에서 눈물이 흐르는 것을 발견한 순간 소인은 하마터면 눈물을 흘릴 뻔했습니다요.”

단운비가 한소진에 대해서 수소문을 시작한 지 이 년여 만에 처음으로 그녀에 대한 가장 정확한, 그리고 최근의 소식을 듣게 되었다.

그의 가슴은 이 년여 만에 처음으로 신선하게 두근거렸다.

"그녀가 묵었던 방으로 안내해 주게."

그는 무엇보다도 한소진이 묵었던 방에서 그녀의 체취와 흔적을 느껴보고 싶었다.

그다음에 혹시 그녀가 남겼을지 모르는 단서 같은 것을 찾아봐야 한다.

그는 청산과 해룡사위를 밖에 두고 혼자서 객방 안으로 천천히 들어가 방문을 닫았다.

어디서나 흔하게 볼 수 있는 평범한 객방이다.

그러나 한소진이 하룻밤 묵고 갔기 때문에 단운비에게는 결코 평범한 객방이 될 수 없었다.

저벅저벅.

그는 열하루 전에 한소진이 서 있었을 창가로 다가가서 밖을 바라보았다.

수서문(水西門) 너머 한 폭의 풍경화 같은 막수호(莫愁湖)가 손에 잡힐 듯이 보이고, 그 너머에는 장강의 푸른 물결이 도도하게 넘실거리면서 흐르고 있었다.

단운비의 가슴속은 마치 비가 내리는 것처럼 촉촉하게 젖어들었다.

열하루 전에 한소진은 어스름 땅거미 아래에 펼쳐진 저 풍경을 바라보았을 것이다.

지금은 똑같은 자리에 단운비가 서서 똑같은 풍경을 바라보고 있다.

한소진은 필경 단운비를 그리워했을 것이다. 어쩌면 그녀는 단운비가 죽었을 것이라고 생각할는지 모른다. 아니, 거의 그렇게 단정하고 있을 것이다.

이 년 전 그 당시의 단운비는 누가 보더라도 죽었다고밖에 생각할 수 없는 처참한 몰골로 바다에 추락했었다. 소생할 가능성은 채 일 할도 되지 않았다.

이곳에 서서 한소진은 눈물을 흘렸다고 한다. 단운비가 그리워서, 그의 죽음을 슬퍼하며, 혼자 남겨진 자신의 처지를 안타까워하면서 눈물을 흘렸을 것이다.

단운비의 가슴속에 비가 내려 촉촉하게 젖어졌는데, 그런 생각을 하니까 이제는 갈가리 찢어지고 있었다.

'진아…….'

똑같은 곳에 서서 똑같은 곳을 바라보고 있거늘, 그런데도 사람은 없다. 그리고 시간이 다르다.

할 수만 있다면, 어떤 대가를 치러서라도 열하루의 시간을 거슬러 올라가 한소진을 만나고 싶었다.

그녀를 힘차게 부둥켜안고, 단 하루도 너를 그리워하지 않은 날이 없었노라고, 너 없이는 숨을 쉬는 것조차도 힘겹다고 말해주고 싶다.

저 멀리 보이는 막수호는 이름 그대로 끝없는 시름(莫愁)처럼 슬퍼 보인다.

단운비는 떨어지지 않는 발걸음으로 창가에서 물러나 침상에 걸터앉았다.

열하루 전에 한소진이 누워서 잠들었을 침상이다. 비록 이불은 그때의 것이 아니겠지만 단운비는 그녀의 체취를 진득하게 느낄 수 있었다.

그녀만의 독특한, 그리고 그윽한 향기가 그의 온몸으로 사박사박 스며들었다.

그곳에 앉아서 단운비는 점소이의 설명을 토대로 하나하나 차근차근 생각을 정리했다.

첫째, 한소진은 살아 있는 것이 분명하다.

둘째, 그녀는 독천의 팔대지옥계를 무사히 통과하여 사무살이나 삼십육비 중의 한 명이 됐을 것이다.

그녀가 객방에 묵고 있을 때 한 명의 흑의인이 찾아온 것은 뭔가 보고를 하러 온 것으로 보이는데, 그로 미루어 그녀는 사무살 중 한 명이고, 흑의인은 그녀를 호위하는 구비 중 한 명일 가능성이 크다.

셋째, 그녀가 남경성에 나타난 것은 대천회에서 계획한 살비굉규의 마지막 삼 단계인 삼천혈세록에 적힌 인물들을 암살하기 위해서일 것이다.

그 증거로 열하루 전에 남경성과 인근에서 명망 높은 네 명의 무림고수가 의문의 죽임을 당했다.

필경 그들은 사무살에 의해서 암살당했을 것이다.

넷째, 그녀는 지금도 애타게 단운비를 그리워하고 있다.

그 네 가지가 지금으로서 추리할 수 있는 전부다. 동시에 중요한 단서이기도 하다.

'마침내 살비굉규의 마지막 단계가 시작됐다.'

단운비는 내심 무겁게 중얼거렸다.

그렇지만 삼천혈세록의 누가 죽든 그는 눈썹조차 까딱하지 않았다.

그가 염려하는 것은 오로지 한소진의 안위뿐이었다. 암살 임무를 수행하는 도중에 변을 당할 수도 있기 때문이다.

삼천혈세록의 암살, 즉 '혈세암살'이 시작되었으니 이제 전 무림이 발칵 뒤집힐 것이다.

그것 역시 단운비하고는 상관이 없다. 무림이 뒤집히든 천하가 무너지든 알 바가 아니다.

'암살해야 할 대상이 삼천 명이나 된다면, 그리고 남경성과 인근에서 한꺼번에 네 명이 암살됐다면, 혈세암살은 한쪽 지역에서부터 차근차근 전개될 가능성이 높다.'

무살 한 명과 구비 아홉 명. 그렇게 열 명씩 네 개 조가 중원 각지로 뿔뿔이 흩어져서 혈세암살을 전개한다면, 서로 보완하지 못하고 또 여러 지역으로 동시다발적으로 이동을 해야 하기 때문에 효율적인 암살을 할 수가 없다.

그러므로 독천은 한쪽 지역, 즉 중원의 동해안 중부 지역 일대를 혈세암살의 첫 시발점으로 삼았을 것이다.

　단운비는 그런 가정하에 사무살과 삼십육비의 다음 대상이 어디의 누구일 지를 생각해 보았다.

　그러나 곧 고개를 가로저었다. 무림에 대해서는 아는 바가 없기 때문이다.

　지난 이 년여 동안 그의 일과는 무공 연마에 오 할, 한소진을 찾는 일에 삼 할, 창천해상단의 업무에 이 할을 쏟아왔었다. 그러므로 일정이 빡빡한 그가 무림에 대해서 알고 있을 턱이 없다.

　'암살 대상이 아니라 지역을 예상해 보자.'

　결국 차선책을 택할 수밖에 없다.

　중원의 동해안 중부 지역이라면 강소성과 절강성이다. 그리고 절강성의 성도(省都)인 항주성은 창천해상단의 근거지로서 단운비의 주무대다.

　'열하루 전에 강소성의 성도에서 암살을 저질렀다면, 그다음은 어디겠는가?

　사무살과 삼십육비가 아무리 막무가내로 암살을 한다고 해도 또다시 두 번째 암살을 강소성에서 저지르지는 않을 것이다.

　아니, 결정을 내리는 것은 삼천존일 테니까, 늙은 여우 같은 그로서는 더더욱 강소성을 두 번째 암살 지역으로 정하지는 않을 것이다. 중원의 동해안 중부 지역 안에 강소성만 있는 것은 아니니까.

'절강성이다!'

강소성 성도 남경성에서 절강성 성도 항주성은 구백여 리의 거리에 있다.

최대한 빨리 이동한다면 하루 반이나 이틀에 충분히 갈 수 있는 거리다.

만약 단운비가 삼천존이라면 사무살과 삼십육비에게 강소성과 절강성을 오가면서 수시로 암살을 저지르라고 명령을 내렸을 것이다.

그러면서 이따금씩은 강소성 위쪽의 산동성이나, 절강성 아래의 복건성에서도 암살을 하면 무림인들은 더욱 혼란스러워할 것이다.

'항주성 인근에서 삼천혈세록에 기록됐을 만한 인물이 누가 있는가?

그렇게 생각하자마자 제일 먼저 떠오르는 인물이 있었다.

'벽검궁주 예강조다.'

단운비는 동빈각 주인과 점소이에게 만약 또다시 한소진이 나타나면 즉시 남경성에 있는 창천해상단 남경 지부에 알려달라고 부탁했다.

그러면 창천해상단은 단운비가 어디에 있든지 즉시 그 사실을 알려줄 것이다.

그는 지금까지 한소진을 찾는 일에 창천해상단을 이용하

지는 않았었다.

하지만 지금 같은 상황에서 아무런 조직이나 기반이 없는 그로서는 자신과 연관되어 있는 모든 것들을 최대한 이용할 수밖에 없었다.

또한 단운비는 동빈각 점소이를 화방으로 데려가서 한소진을 찾아왔었다는 흑의인의 인상착의를 최대한 기억을 더듬어서 그리도록 했다.

第三十五章

혈랑파(血狼派)

풍림화산

곧바로 남경성을 출발한 단운비는 중간에 한 번도 쉬지 않
고 달려 다음날 늦은 아침나절에 항주성에 도착했다.

창천장에 돌아온 단운비를 가장 먼저 기다리고 있는 것은,
항주성 전역을 진동시키고 있는 하나의 소문이었다.

벽검궁주와 제천방주가 의문의 죽임을 당했다는 것이다.

그 소문을 접하자마자 단운비는 도착한 지 일각도 되지 않
아서 다시 창천장을 나섰다.

구태여 벽검궁이나 제천방까지 갈 필요가 없다. 그의 목적
은 암살에 대한 조사가 아니라, 한소진을 찾는 것이기 때문이
다.

　이번에도 청산과 해룡사위가 단운비를 뒤따랐으나 죽자사자 쫓아오는 자미령을 떼어놓을 수는 없었다.

　단운비는 제일 먼저 영화루로 달려갔다. 항주성에서는 영화루주인 너구리가 한소진과 독천에 대한 일을 전담하고 있기 때문이다.

　"기다리고 있었습니다, 대인."

　너구리는 단운비가 찾아왔다는 전갈을 듣고는 부리나케 달려나오면서 반갑게 맞이했다.

　그러나 그는 곧 단운비 뒤쪽에 오도카니 서 있는 자미령을 발견하고는 곤란한 표정을 지으며 입을 다물었다. 그는 자미령이 누군지 한눈에 알아보았다.

　단운비는 자미령을 힐끗 돌아보았다.

　그가 노골적으로 탐탁지 않은 표정을 짓는데도 자미령은 마음대로 하라는 듯 턱을 치켜들고 꼼짝도 하지 않았다.

　그녀는 단운비를 좋아하고 있기 때문에 그가 긴 항해를 끝내고 항주성에만 돌아오면 무슨 일로 그렇게 바쁜지 늘 궁금했었는데, 무슨 일이 있어도 이 기회에 꼭 알고 싶었던 것이다.

　그녀로서는 처음 보는, 주루 주인의 매우 난감한 표정에 더더욱 궁금해졌다.

　마음이 급한 단운비가 할 수 없이 고개를 끄덕이자, 너구리는 최소한의 필요한 말만 했다.

“그저께 밤에 정심루(情心樓)입니다.”

한소진이 그저께 밤에 정심루에 묵었다는 뜻이다.

너구리의 말을 들은 즉시 단운비는 영화루의 뒷문을 통해서 골목으로 나섰다.

촌각을 다투는 까닭에 경공을 전개하여 최대한 빨리 정심루로 가려는 것이다.

영화루 앞쪽은 대로라서 많은 사람들 때문에 경공을 전개할 수가 없다.

슈욱!

그가 불쑥 수직으로 신형을 뽑아 올리자 청산과 해룡사위가 뒤따르고, 자미령도 놓칠세라 힘껏 솟구쳤다.

그러나 자미령은 허공으로 솟아올라 어느 집의 지붕 위에 내려서며 당황한 표정을 지었다.

단운비와 청산의 모습은 이미 남쪽으로 이십여 장이나 멀리 사라지고 있었고, 해룡사위만 그 뒤로 십여 장쯤 뒤처진 채 전력으로 따르고 있었기 때문이다.

“같이 가요!”

자신이 벌건 대낮에 지붕 위에 있다는 사실도 잊은 채 자미령은 죽을힘을 다해서 뒤따르며 소리쳤다.

그러나 그 짧은 사이에 단운비와 청산의 모습은 십여 장이나 더 멀어졌다.

더구나 해룡사위마저도 점점 더 멀어지고 있었다.

그것을 보면서 자미령은 단운비를 원망하기보다는 평소에 자신이 왜 경공 연마를 게을리했는지를 더 원망스러워했다.

더구나 자신보다 더 늦게 무공에 입문한 해룡사위보다 뒤떨어진다는 사실에 자존심마저 상했다.

자미령은 해룡사위가 어디 출신인지 모른다.

일 년 반쯤 전에 창천해상단이 항주성에 며칠 기항했을 때, 단운비가 어디에선가 십육칠 세 소년, 소녀들을 네 명 데리고 왔었다.

단운비가 하구촌 거지 패거리들에게 주루 영화루를 내주는 과정에서 그곳의 자질이 뛰어난 소년, 소녀 네 명을 말끔히 씻기고 새 옷을 입혀서 데려왔다는 사실을 자미령이 알 턱이 없다.

그때부터 단운비는 자나깨나 그들 네 명과 한 몸처럼 붙어 지내면서 무공을 가르쳤다.

그리고 그들은 일 년이 채 지나기도 전에 무공으로 자미령을 능가하기 시작했다.

이후 해룡신이라는 별호를 지닌 단운비 뒤를 어디든지 그림자처럼 따르는 그들을 일컬어 언제부터인가 사람들은 해룡사위라고 불렀다.

'정심루라고 그랬지? 내가 놓칠 줄 알고?

자미령은 피가 나도록 입술을 깨물고는 사력을 다해서 지붕과 지붕을 건너뛰면서 내심 다기지게 중얼거렸다.

청산의 얼굴에 더없이 놀라는 표정이 가득 떠올랐다.

그가 죽을힘을 다해서 경공을 전개하고 있는데도 단운비를 따라잡기는커녕 시간이 지날수록 점점 더 거리가 멀어지고 있었기 때문이다.

청산은 신룡문 십대고수에 속할 정도의 고수다. 어려 보이는 동안(童顔)이지만 실제 그의 나이는 올해 이십구 세고, 공력은 무려 이 갑자 반 백오십 년에 달한다.

십이 세 어린 나이에 신룡문주에게 발탁되어 단씨 가문의 절학을 전수받았기 때문에 십칠 년이 지난 지금은 초일류고수 수준이 된 것이다.

그뿐만 아니라 이삼 년의 터울을 두고 신룡삼풍영의 지풍영과 옥풍영도 같은 전철을 밟았다.

그러므로 신룡삼풍영 세 사람은 신룡문주의 제자라고 해도 과언이 아니다.

하지만 무술 실력, 즉 무위는 단순히 공력만 높다고 고강한 것이 아니다.

이 갑자 반 공력의 청산이 비슷한 공력을 지닌 고수와 싸운다면 아마 백전백승할 것이다.

이유는 간단하다. 청산이 익힌 무공, 즉 단씨 가문의 절학들이 그 어떤 무공보다도 월등히 뛰어나기 때문이다.

고로 그가 전개하는 경공은 그냥 경공이 아니라 공력 삼 갑자, 즉 백팔십 년 공력을 지닌 사람과 비슷한 수준이라는 의미다.

그런 그가 전력을 다해서 경공을 펼치고 있는데도 단운비와의 거리가 점점 멀어지고 있으니 놀라다 못해서 기가 막힐 노릇이었다.

삼 년쯤 전의 단운비는 한 움큼의 공력도 없는 상태에서 몇 달 동안 수련을 하여 고작 내력 비슷한 것만을 지닌 채 대라십팔산수 수법으로 건달패 두령인 시랑하고 생사혈전을 벌이는 수준이었다.

그런데 불과 삼 년여 만에 경공으로 신룡문 십대고수에 속하는 청산을 능가하게 된 것이다.

정심루는 항주성의 명물인 서호(西湖) 북쪽 호안(湖岸)에 위치해 있는 고풍스러운 객잔 겸 주루다.

정심루 객방에서 바라보는 서호의 아름다운 풍광은 서호 둘레에 있는 수많은 주루나 객잔들 중에서도 첫손가락에 꼽힐 정도로 뛰어나다.

단운비가 정심루 안으로 발을 들여놓자마자 주인이 허겁지겁 달려나왔다.

항주성이나 인근의 주루와 객잔 주인들 중에서 해룡신을 존경하지 않는 사람은 없다. 또한 그가 누구를 찾고 있는지 잘 알고 있었다.

그러므로 단운비가 한소진의 전신을 꺼내서 보이거나 이
것저것 물어볼 필요 없이 주인은 그를 곧장 삼층의 어느 객방
으로 안내했다. 그저께 한소진이 묵은 방이다.

단운비는 객방 내를 찬찬히 살피다가 창을 열고 밖을 내다
보았다.

정심루를 찾아오는 손님들에게 가장 인기가 있는 객방은
삼층이다.

창이 모두 호수 쪽을 향해 나 있는데, 그곳에서 바라보는
서호의 풍경이 제일 아름답기 때문이다.

창밖을 내다보니 잔잔한 서호의 수면이 햇살을 받아서 은
빛으로 눈부시게 빛나고 있다.

그때 문득 단운비는 한 가지 사실을 깨달았다.

남경성 동빈각의 한소진이 묵었던 객방의 창을 열면, 멀지
않은 곳에 막수호와 그 너머에 장강이 넘실거렸었다.

그런데 이곳에서도 창밖에 서호가 펼쳐져 있다. 두 객방의
공통점은 창밖에 물이 있다는 사실이다.

한소진은 물을 좋아하는 것이 분명하다. 그 대상이 호수나
강, 바다든 상관하지 않고 물이면 다 좋아하는 듯하다.

그 이유는 아마도 그녀가 단운비와 일 년 동안 살을 맞대고
함께 살았던 장소가 수중 동굴이었기 때문일 것이다.

한소진은 물을 바라보면서 단운비를 그리워하고, 그가 죽
었다는 사실에 슬퍼했을 것이다.

단운비는 창밖 서호를 바라보면서 한동안 한소진에 대한 추억을 되새겼다.

한소진은 혈세암살 임무를 수행하면서 어느 곳을 가더라도 창밖으로 강이나 호수, 바다가 바라보이는 객잔에서 하룻밤을 머물 확률이 크다.

절강성과 강소성에 있는 객잔을 모두 합치면 천 곳도 넘을 것이다.

하지만 강이나 호수, 물가에 있는 객잔만 추려내면 절반, 아니, 그 이하로 줄어들 터이다.

삼천혈세록에 기록된 인물들은 하나같이 무림에서 유명한 고수들이다.

그리고 그런 고수들은 시골보다는 성이나 현처럼 번화한 곳에 살고 있을 것이며 방, 문파를 이끌고 있을 터이다.

그러므로 큰 성이나 현에 있는 객잔만 골라내면 또 많은 수가 줄어든다.

그것은 단운비가 한소진을 만나게 될 가능성이 그만큼 높아진다는 뜻이다.

거기까지 생각한 그는 하나의 벽에 부딪쳤다. 많은 수의 객잔이 줄어들었다고는 하지만 여전히 객잔의 수는 많다.

그러므로 영화루의 너구리 혼자 힘으로 감당하기에는 지나치게 벅차다.

그 일에 청산과 해룡사위 다섯 명을 투입한다고 해서 해결

될 일도 아니다.

그런 일을 수행하기 위해서는 우선 많은 인원이 필요하다. 그다음에는 그들이 매우 조직적이어야 하며, 지리나 대인 관계에 밝아야 할 것이다.

창천해상단은 본거지인 항주성은 물론, 이웃하고 있는 강소성과 산동성, 복건성 등지에 수많은 지부와 상망(商網)을 보유하고 있어 그 일을 하기에 제격이다.

하지만 단운비는 자신의 사적인 일에 창천해상단을 이용하는 것이 싫었다.

그때 단운비는 문득 한 가지 생각이 떠올랐다.

'그들이면 적당하겠군.'

그가 객방에서 나오자 낭하에서 청산이 기다리고 있다가 공손히 허리를 굽혔다.

이틀 전 영화루에서부터 따라다닌 청산은 단운비가 전신에 그려진 소녀를 찾고 있다는 사실만 짐작할 뿐, 그 외에는 아무것도 모르고 있다.

어제 남경성 동빈각의 점소이를 화방으로 데리고 가서 그렸던 흑의인의 전신은 단운비가 청산에게 주었었다.

무슨 일이든 눈치가 빠른 청산은 흑의인의 전신을 꺼내 옆에 서 있는 정심루 주인에게 내밀었다.

"이자를 보았소?"

"처음 보는 사람인뎁쇼?"

청산은 점소이들에게도 전신을 보이기 위해서 주인을 데리고 아래층으로 내려갔다.

단운비는 생각에 잠긴 얼굴로 천천히 계단을 내려가 일층에 이르렀다.

그러자 청산이 옆에 서 있는 한 명의 점소이를 가리키며 공손히 입을 열었다.

"이 사람이 전신의 인물을 봤다고 합니다."

점소이는 상대가 해룡신이라 바짝 긴장하여 최대한 공손히, 그러나 좀 쭈뼛거리면서 아뢰었다.

"전신의 그 사람인지는 분명하지 않은뎁쇼. 닮기는 했는데요. 그런데 그 사람이 밤에 삼층 그 여자의 객방에 들어가는 것은 봤는데 나오는 것은 보지 못했습니다요."

전신의 그 흑의인이 맞는지는 중요하지 않다. 누가 찾아왔다면 한소진의 수하일 테고, 암살 대상에 대한 정보를 갖고 왔을 것이다.

"여자는?"

"여자도 못 봤습니다요. 그 다음날 객방을 열어보니까 아무도 없었습니다요."

그렇다면 그들은 밤에 객방의 창을 통해서 나갔다가 그 길로 벽검궁주나 제천방주를 죽이고 떠났을 것이다.

단지 두어 시진 머물 것이었다면 한소진은 구태여 객방을 빌릴 필요가 없었을 텐데도 빌렸다.

아마도 그것은 창밖으로 호수나 강을 바라보면서 단운비
와의 추억을 회상하고 싶기 때문이었을 것이다.

그때 입구로 해룡사위가 들어서는데 거친 숨을 몰아쉬는
것으로 미루어 전력으로 달려온 듯했다.

"가자."

단운비는 청산과 해룡사위를 이끌고 정심루를 떠났다.

그로부터 열 호흡쯤 지났을 때 기진맥진한 자미령이 정심
루에 도착했다.

"하악! 학학… 어디에 있어요?"

"누구… 말씀이십니까?"

"누구긴 누구예요? 해룡신 말이에요!"

의아한 표정을 짓는 주인에게 자미령은 앙칼지게 빽 소리
를 질렀다. 그녀는 지금 단운비 때문에 신경이 몹시 날카로워
진 상태다.

"가… 셨습니다."

"어디로 갔죠?"

"소인이 그걸 어떻게 알겠습니까요?"

숨이 차서 새빨개진 자미령의 얼굴이 샐쭉해졌다.

"아휴! 내가 못살아. 죽어라고 쫓아왔는데 대체 어디로 간
거야?"

그러다가 그녀는 문득 생각나는 것이 있어서 주인에게 급
히 물었다.

“그가 이곳에서 무엇을 했죠?”

“누구 말씀입니까?”

“해룡신이라니까 누구 약 올려요?”

“아… 아이구. 소인이 감히 창천해상단의 소단주님을 어찌 놀리겠습니까?”

주인은 벼락이라도 맞은 듯 굽실거렸다.

하지만 단운비가 이곳에서 무엇을 했는지에 대해서는 끝까지 입을 열지 않았다. 자미령이 아무리 달래고 협박을 해도 소용이 없었다.

항주성의 건달 패거리 혈랑파는 삼 년여가 지난 지금도 여전히 그 자리에 있었다.

혈랑파 입구 앞에 나란히 서 있는 단운비와 청산은 감회가 새로웠다.

삼 년여 전에 두 사람은 혈랑파 두령 시랑을 죽이려고 이곳에 온 적이 있었다.

그 당시 단운비가 시랑을 죽일 수 있는 확률은 채 일 할도 되지 않았었다.

그리고 그때의 단운비와 청산은 천하에서 가장 더러운 두 명의 거지였었다.

하지만 지금은 단지 쳐다보는 것만으로도 기가 질리고 말 듯한 당당한 모습이다.

청산이 앞장을 서고, 그 뒤를 단운비와 해룡사위가 천천히 걸어서 혈랑파 안으로 들어갔다.

그러자 마당에 있던 몇 명의 건달이 단운비 일행을 발견하고는 적잖이 놀라며 또 긴장하는 표정을 지었다.

항주성 일대에서 가장 유명한 해룡신을 그들이 알아보지 못할 리가 없다.

삼 년여 전에 단운비와 청산이 이곳에 들어섰을 때는 건달들이 불문곡직하고 몽둥이와 온갖 무기를 들고 당장 때려죽일 듯이 달려들었었다.

그런데 지금은 단운비 일행의 기세에 질려서 고양이 앞의 쥐 같은 모습이다.

혈랑파의 건달들은 단운비와 청산이 삼 년 전에 까마귀처럼 새카맣고 더러우며 악취 풍기는 거지였다는 사실은 꿈에서조차 상상하지 못했다.

단운비 일행은 마당 한가운데 우뚝 멈춰 섰다.

그때 건달 한 명이 구르듯이 집 안으로 달려들어 가더니 잠시 후에 체구가 철탑처럼 크고 건장한 두억시니처럼 무섭게 생긴 삼십대 중반의 장한 한 명을 데리고 나왔다.

혈랑파의 두령인 듯한 두억시니는 주춤거리면서 다가와 단운비의 세 걸음 앞에 멈추고는 공손히 허리를 굽혔다.

"소인은 혈랑파를 맡고 있는 귀매(鬼魅)라고 합니다. 대인께선 소인들에게 가르침이 계십니까?"

두억시니처럼 험상궂게 생긴 자는 자신의 외모에 어울리는 별명을 갖고 있었다.

귀매는 최대한 공손히 말하고 나서는 허리를 펴고 조심스럽게 단운비의 눈치를 살폈다.

해룡신은 중원삼대상단의 하나인 창천해상단의 총태두다.

지위는 제 이인자이지만 그가 실질적인 우두머리라는 사실을 알 만한 사람들은 다 알고 있다.

그는 관(官)이나 상계(商界)에 두루 인맥이 두터워서, 경우에 따라서는 그의 말 한마디에 혈랑파 따위는 송두리째 사라질 수도 있다.

단운비는 조용한 목소리로 말문을 열었다.

"너희가 해야 할 일이 있다."

"무슨 일이신지요?"

"보수는 충분히 줄 테니까 너희 혈랑파를 한동안 통째로 빌리자."

"혈랑파를……."

두령 귀매는 난감한 표정을 지으며 공손히 허리를 굽혔다.

"죄송하지만 그것은 곤란합니다."

무슨 일인지 말을 꺼내기도 전에 거절을 당하자 단운비는 의외라는 표정을 지었다.

"어째서 안 된다는 것이냐?"

그는 거절을 당했지만 딱 부러지는 성격의 귀매가 조금 마음에 들었다.

　귀매는 공손하려 애쓰면서 대답했다.

　"소인들은 이 바닥에서 여러 가지 일거리로 먹고삽니다."

　일거리라고 해봐야 장사치들을 등치거나 성민들을 괴롭혀서 돈을 뜯어내는 흡혈귀 같은 짓일 것이다.

　"소인들이 대인을 돕는 동안 다른 패거리가 우리 구역을 뺏어버리면 우린 갈 곳이 없어집니다."

　분명히 그렇게 될 것이다. 항주성 내에서 건달 패거리들 간의 구역 분쟁은 소름끼치도록 처참하다고 소문이 나 있다.

　그러므로 귀매의 말인즉, 단운비가 혈랑파를 죽을 때까지 책임져 주는 것이 아니라면 자신들에게 일을 맡기지 말아달라는 뜻이다.

　자신의 뜻을 밝힌 후에 귀매는 우뚝 서서 약간 고개를 조아린 자세를 취했다.

　그의 그런 태도에서 해룡신에 대한 예의는 갖추되, 일개 조직을 거느린 우두머리로서 소신을 굽히지 않는다는 의지가 뚜렷이 엿보였다.

　해룡신 정도의 거물에게 잘 보이면 한순간에 팔자가 필 수도 있으련만, 그는 우직스럽고도 단순한 길을 택했다.

　그리고는 자신들의 사정을 봐달라고 굽실거리지도, 변명을 늘어놓지도 않았다.

　요미걸련(搖尾乞憐). 개처럼 꼬리를 흔들어서 동정을 받으려는 소인배하고는 격이 다른 자다.

지금 그로서는 단운비의 이해심이 넓기만 바랄 뿐이었다.

그리고 다행스럽게도 단운비는 막무가내로 자신의 고집만 내세우는 사람이 아니다.

오히려 그는 가볍게 고개를 끄덕이면서 칭찬을 했다.

"너는 시랑보다 나은 자로구나."

그 말에 귀매는 물론 마당에 모여 있는 많은 건달들이 모두 놀라는 표정을 지었다.

귀매는 단운비를 보며 조심스럽게 물었다.

"대인께선 전대 두령을 아십니까?"

단운비는 씁쓸한 미소를 지으며 고개를 끄덕였다.

"그는 내 손에 죽었지."

"아!"

귀매 입에서 탄성이 터졌다. 그리고 여기저기에서 탄성과 웅성거리는 소리가 뒤를 이었다.

단운비를 쳐다보는 귀매의 얼굴이 묘하게 일그러졌다. 그 만이 아니라 혈랑파 건달들 표정도 마찬가지다.

단운비는 구태여 그 사실을 숨기고 싶지 않았다. 이들이 그 냥 넘어가면 다행이지만, 시랑의 복수를 하겠다고 덤벼들면 한바탕 혼찌검을 내주는 수밖에 없다는 생각이다.

그런데 그때 뜻밖의 일이 벌어졌다.

"이제야 목소리가 생각났습니다. 대인께선 삼 년 전에 전대 두령을 죽인 그분이 분명하군요."

귀매의 목소리가 한층 더 공손해진 것이다. 그는 삼 년 전에 두 명의 거지가 찾아와서 그중 한 명의 거지가 두령인 시랑을 죽이는 광경을 근처에서 똑똑히 지켜봤었다. 그 당시의 그는 부두령이라는 신분이었다.

그러더니 문득 그는 의아한 표정을 지었다.

"그런데 그 당시에 왜 돌아오지 않으셨습니까?"

단운비는 옛 생각이 나서 빙그레 미소를 지었다.

"시랑의 수급을 갖고 볼일을 보러 가다가 뜻하지 않은 일에 휘말렸었다."

"그러셨군요."

귀매는 고개를 끄덕이고 나서 갑자기 단운비 앞에 무릎을 꿇고 부복을 하고서 정중히 말했다.

"두령의 허락도 없이 속하가 삼 년 동안 혈랑파를 맡고 있었습니다. 이제 두령께서 돌아오셨으니 속하는 물러나겠습니다."

단운비는 가볍게 어이없다는 표정을 지었다. 자신더러 혈랑파 두령이 되라니, 전혀 예상하지 못했던 일이다.

창천해상단의 총태두와 혈랑파 두령은 비교 자체가 성립되지 않는 지위다.

"아니, 나는……."

그가 손을 저으려는데 그 자리에 있던 모든 혈랑파 수하들이 일제히 그를 향해 부복하며 머리를 조아렸다.

"두령을 뵈오!"

쩌렁쩌렁한 함성이 허공을 떨어 울렸다.

단운비는 난감한 표정을 지었다. 하지만 그는 곧 한 가지 생각을 떠올렸다.

이 기회에 아예 혈랑파를 자신의 조직으로 만들면 어떨까 하는 것이다.

그는 잠시 생각에 잠겼다가 이윽고 입을 열었다.

"만약 내가 두령이 되면 혈랑파를 내 마음대로 해도 되는 것이냐?"

귀매가 고개를 들고 단운비를 우러르며 공손히 대답했다.

"그렇습니다, 두령."

그는 단운비가 두령을 하겠다고 허락하지 않았는데도 넙죽 두령이라고 불렀다.

건달 조직은 무림의 방, 문파는 물론이고 심지어 하오문에게까지도 천대를 받는다.

그렇기 때문에 그것을 견디고 맞서다 보니까 결속력이 어떤 조직에 비해서도 뛰어나다. 그것은 쇠를 두드릴수록 강해지는 것과 같은 이치다.

결속력이 강하다는 것은 동료 간의 의리가 두텁다는 뜻이고, 두령에 대한 신뢰도가 거의 신봉(信奉) 수준이라는 의미이기도 하다.

"모두 일어나라."

단운비의 말에 혈랑파 수하들은 일제히 일어섰다.

그리 넓지 않은 대전에 혈랑파 전체 인원 육십여 명이 운집하자 대전이 금세라도 터질 것만 같았다.

"편히 앉아라."

대전 앞쪽의 바닥에서 한 자 높이 단 위에 놓여 있는 혈랑파 두령의 자리에 앉은 단운비가 조용한 어조로 말하자 수하들은 우르르 앞 다투어 앉았다.

이들의 특징 중 하나는 두령이 시키면 추호의 망설임도 없이 따른다는 것이다.

지금 귀매 이하 육십여 명의 수하는 흥분과 기대로 한껏 상기된 표정이다.

대명이 쟁쟁한 해룡신이 자신들의 새로운 두령이 되었으니 당연한 일이다.

그들 대부분은 똑같은 희망에 부풀어 있었다.

즉, 자신들 혈랑파가 머지않아서 항주성 각 지역에 뿌리를 내리고 있는 수십 개 건달 조직들 중에서 최강최고 조직이 될 것이라는 꿈이다. 소인의 꿈은 작고, 건달의 꿈은 건달답게 마련이다.

그러나 그들이 품었던 부푼 꿈이 물거품처럼 사라지는 데에는 그리 오랜 시간이 걸리지 않았다.

“조용히 해라!”

한껏 들떠서 웅성거리는 수하들을 귀매가 호통을 쳐서 조용히 시켰다.

실내가 조용해지고 건달들의 시선이 자신에게 집중되자 단운비는 조용히 말문을 열었다.

“혈랑파를 해산하겠다.”

그러나 그 말을 제대로 알아들은 건달은 한 명도 없었다. 자신들이 뭔가 잘못 들었거나 단운비가 잘못 말했을 것이라고 생각했다. 방금 두령이 된 단운비가 혈랑파를 해산할 리가 없기 때문이다.

“두령, 그게 무슨 말씀이신지…….”

귀매가 어리둥절한 얼굴로 조심스럽게 물었다.

단운비는 자르듯이 다시 한 번 말했다.

“혈랑파를 해산하겠다.”

그제야 건달들은 잘못 들은 것이 아니라는 사실을 깨닫고 크게 놀라면서 동요하기 시작했다.

단운비가 두령이 된 지 채 이각도 지나지 않아서 내린 첫 번째 결정이 ‘혈랑파 해산’이라니, 말 그대로 열흘 삶은 호박에 이빨도 들어가지 않을 소리다.

쿵!

“지금부터 말을 하는 놈은 주둥이를 찢어버리겠다!”

좌중이 시끄러워지자 귀매가 벌떡 일어나 힘껏 발을 구르며 호통을 쳤다.

귀매는 자신의 이름조차 쓰지 못하는 일자무식이지만 책임감이 강하며 진중한 성격이다.

그러나 한 번 화가 나면 물불을 가리지 않는다는 것을 잘 알고 있는 건달들은 찔끔해서 즉시 입을 다물었다.

"말씀하십시오, 두령."

귀매는 단운비에게 공손히 허리를 굽히고 바닥에 앉았다.

그는 단운비가 혈랑파를 해산한다고 명령한 데에는 반드시 그럴 만한 이유가 있을 것이라고 생각했다. 그래서 그의 말을 끝까지 들어보고 싶은 것이었다.

단운비는 이미 머릿속으로 어떤 구상이 정리되었다. 그는 혈랑파 건달들을 이용만 하고 버릴 생각이 아니다.

그들이 단운비에게 도움을 주는 것 이상으로, 그도 그들에게 도움을 줄 계획이다.

"지금 이 순간부터 너희들은 건달이 아니다."

혈랑파를 해산하겠다더니 이제는 건달들에게 건달이 아니라고 말하는 단운비.

땅이 있으면 농사를 짓고, 배가 있으면 어부가 되고, 자금이 있었으면 시장바닥에 좌판이라도 벌여놓고 장사를 시작했을 것이다.

가진 거라곤 달랑 불알 두 쪽밖에 없는 이들이 여북하면 모두가 진저리를 치면서 싫어하는 기생충 같은 건달이 되었겠는가.

"그럼 우린 앞으로 뭘 해먹고 삽니까?"

뒤쪽에 앉아 있는 한 건달이 모두가 궁금하게 여기는 것을 참지 못하고 물었다.

"이놈 새끼가!"

순간 귀매가 벌떡 일어나더니 방금 말한 건달을 향해 성난 황소처럼 달려갔다.

그러자 그 건달의 안색이 새하얗게 질리더니 미친 듯이 이마를 바닥에 짓찧었다.

쿵쿵쿵쿵!

"잘못했습니다! 용서하십시오!"

그런데도 귀매는 달려가던 기세를 빌어 건달의 머리를 향해 무지막지하게 발을 날렸다.

귀매가 무공을 모른다고 해도 워낙 강력한 발차기여서 거기에 적중되면 머리통이 으깨어지고 말 것이다.

"그만해라, 귀매."

그때 단운비가 나직한 목소리로 제지하자 귀매는 내뻗었던 발의 방향을 급격히 다른 쪽으로 틀어 허공을 한차례 걸어차더니 묵직하게 바닥에 내려섰다.

어설프기는 하지만 범강장달이 같은 체구가 그런 날렵한 민첩성을 발휘한다는 것이 대단했다.

귀매는 단운비에게 공손히 허리를 굽힌 후 제자리로 돌아갔는데, 죽을 뻔하다가 극적으로 살아난 건달의 이마는 피투성이로 변해 있었다.

단운비의 청아한 목소리가 다시 이어졌다.

"앞으로 너희들에게 무술을 가르쳐 주겠다."

혈랑파 해산에 이어서 건달을 그만두라고 하더니, 세 번째는 무술을 가르쳐 주겠다고 한다.

단운비가 하고 있는 말은 하나같이 기절초풍할 만큼 놀라운 것들뿐이다.

이번에는 아무도 입을 열지 않았고 웅성거리지도 않았다.

귀매가 무서워서가 아니다. 귀매 자신도 입을 벌린 채 단운비를 쳐다보고 있었다.

너무 놀라고 또 어이가 없기 때문이다.

단운비는 건달들을 놀라게 만들고 싶은 생각이 없기에 본론만 말했다.

"너희들이 무술을 배우고 나면 여러 가지 일을 할 수 있을 것이다. 너희들이 원하기만 하면 창천해상단의 호위무사가 될 수도 있을 테고, 너희 모두 합심해서 작은 표국(鏢局)을 열어도 될 게다. 아니면 내가 돈을 좀 대어줄 테니 전장(錢場)을 열어도 괜찮겠지."

건달들의 입이 더 크게 벌어졌고, 얼굴에는 폭풍이 휘몰아치는 듯한 표정들이 가득 떠올랐다.

단운비가 말하는 것들은 꿈이 아니다. 언젠가는 이루어질 수 있는 것들을 꿈이라고 하기 때문이다.

그런데 그의 말들은 건달들로서는 결코 이룰 수 없는 것들이다. 그러므로 그것들은 망상이다.

단운비는 말을 멈추고 모두가 자신의 말을 제대로 인식할 때까지 기다렸다.

지금은 가타부타 어지럽게 부연 설명을 하는 것보다 기다려 주는 것이 필요한 때다.

단운비의 오른쪽에 우뚝 장승처럼 서 있는 청산은 그가 무엇을 계획하고 있는지 이미 간파했다.

단운비가 찾고자 하는 여자의 일에 혈랑파 건달들을 이용하고, 그 대가로 새로운 삶을 주려는 것이다.

청산은 과연 단운비다운 공명정대한 방법이라고 생각했다.

반 각쯤 지나자 귀매를 비롯한 모두는 단운비의 말을 웬만큼은 이해한 듯했다.

하지만 이해하는 것과 믿는 것은 전혀 다른 것이다. 그들은 모두들 반신반의하는 표정들이었다.

해룡신이라면 충분히 그럴 능력이 있는 인물이지만, 왜 자신들에게 그런 자비를 베푸는 것인지 모르기 때문이다.

그런 모두의 의문을 귀매가 대표해서 조심스럽게 물었다.

"두령, 어째서 속하들에게 그런 자비를 베푸시는 겁니까?"

단운비는 담담한 얼굴로 귀매를 쳐다보았다.

“귀매, 너는 아둔하구나.”

귀매는 머쓱해서 머리를 긁적였다.

“원래 제가 많이 무식합니다. 이해하십시오.”

그는 솔직하며 순진한 면도 있는 듯했다.

단운비의 조용한 목소리가 실내를 자늑자늑 울렸다.

“너희는 나를 두령으로 여기고 있다. 두령이 수하들에게 새로운 삶을 주겠다는 것이 이상한 일이냐?”

그 말은 모두의 의문을 속 시원하게 풀어주었다. 그 이상의 대답이 어디에 있겠는가.

귀매는 처음에 단운비가 했던 말을 기억해 냈다.

“두령, 아까 속하들에게 무언가 시키실 일이 있다고 말씀하셨는데 그게 뭡니까?”

그 말에 모두들 단운비를 주시했다. 그가 이처럼 엄청난 은혜를 베푸는 것을 보면, 아마도 시킬 일이 굉장히 어려울 것이라고 예상하는 표정들이다.

단운비는 고개를 끄덕였다.

“절강성과 강소성 지역에서 사람을 한 명 찾는 일이다.”

그러자 모두의 얼굴에 안도의 표정이 떠올랐다. 사람을 찾는 것쯤이야 별로 어렵지 않은 일이기 때문이다.

귀매를 제외한 건달들은 난데없는 행운에 서로의 얼굴을 쳐다보면서 희색만면해서 어쩔 줄을 몰라 했다.

귀매가 말을 하지 말라고 엄명을 내렸기에 말은 하지 못하고 어깨춤만 덩실덩실 추어댔다.

항주성 모든 사람들의 손가락질을 받는 건달 짓을 하고 싶어서 하는 사람은 한 명도 없다.

건전하고 반듯한 생활을 할 수만 있다면, 그런 기회만 주어진다면, 이들은 자신의 팔다리 하나쯤은 아낌없이 잘라낼 정도로 간절한 심정이었다.

그런 그들에게 단운비의 제안, 아니, 명령은 그야말로 하늘이 내린 축복이 아닐 수 없다.

그때 단운비가 조용한 어조로 입을 열었다.

"너희는 여태껏 갖가지 나쁜 짓을 많이 했을 것이다."

건달들은 얼굴을 붉히며 부끄러운 표정을 지었다.

"건달 생활에서 손을 씻기로 했으니 너희는 지금 이 순간부터 새 사람이 되어야만 한다."

단운비의 말과 목소리는 엄숙하면서도 준엄했다.

"새로운 삶은 거저 공짜로 얻어지는 것이 아니다. 뼈를 깎아내는 노력으로 무술을 배우고, 사람으로서 갖추어야 할 인격을 쌓아야지만 가능한 일이다."

모두의 얼굴에는 더할 수 없는 진지함이 가득 떠올랐다.

"그럴 만한 각오와 자신이 없는 자는 지금 이곳을 떠나라."

그러나 아무도 일어나지 않았다. 이런 천재일우의 기회를 저버릴 바보가 어디에 있겠는가.

단운비는 아예 쐐기를 박았다.

"무술을 익히는 과정에서 진도가 더딘 자는 얼마든지 이해
할 수 있지만, 터럭만큼이라도 악행을 저지르는 자는 결단코
용서하지 않고 축출할 것이다."

나직한 목소리지만 모두의 귀와 가슴에는 추상처럼 들렸
다.

"알아들었느냐?"

"넵!"

"명심하겠습니다!"

"나쁜 짓을 하면 속하의 목을 자르십시오!"

건달들은 입을 모아 대답했다.

그때 귀매가 무릎을 꿇고 상체를 꼿꼿이 세운 자세로 단운
비를 바라보면서 더없이 진중하게 말했다.

"두령, 이놈들은 속하가 잘 압니다. 죽으면 죽었지 두령
의 명령을 어길 놈들이 아닙니다. 만에 하나 나중에 그런 놈
이 생긴다면 속하의 손으로 모가지를 비틀어 버리겠습니
다."

이어서 그는 공손히 상체를 굽혀 이마를 바닥에 댔다.

"속하의 목숨을 두령께 맡기겠습니다."

그러자 육십여 명의 건달이 앞 다투어 무릎을 꿇고 이마를
바닥에 대며 분분히 외쳤다.

"목숨을 두령께 맡기겠습니다!"

단운비는 좌중을 둘러보고 나서 조용히 입을 열었다.

“자, 이제는 새집으로 이사를 하자.”

모두들 고개를 들고 의아한 표정으로 단운비를 쳐다보았다.

“이사라고 하시면…….”

“새 생활은 새집에서 해야지.”

어리둥절한 표정으로 귀매가 중얼거리자 단운비가 빙그레 미소를 지었다.

“흙탕물에서 놀면 아무리 조심을 해도 옷이나 몸에 흙탕이 묻게 마련이다.”

단운비의 말은 너무도 올발랐다. 저잣거리에서 살다 보면 여태껏 해왔던 건달 짓에서 손을 씻기가 어렵다.

귀매 이하 건달들은 그 사실을 알지만, 혈랑파의 재정으로는 그럴 형편이 되지 못한다는 사실도 잘 알고 있다.

“이사 갈 집은 걱정하지 마라. 마침 빈집이 하나 있으니 그곳으로 가면 된다.”

단운비의 말에 귀매가 난감한 표정을 지었다.

“다시 생각하는 것이 좋을 것 같습니다만…….”

“무엇 때문에 그러느냐?”

귀매는 건달들을 가리키며 착잡한 얼굴로 설명했다.

“이놈들만 해도 육십여 명입니다. 그런데 이 중에 절반 이상이 혼인을 해서 가정을 갖고 있습니다. 살고 있는 집들이 다 이 근처라서 그들까지 데리고 이사를 가지 않는 한, 여길 떠나는 것은 어려울 것 같습니다.”

단운비는 왼쪽에 서 있는 해룡사위 중 일위에게 물었다.

“명(明)아, 풍림장(風林莊) 크기가 얼마나 하느냐?”

그 말에 귀매와 건달들은 소스라치게 놀랐다. 풍림장은 그
들도 잘 알고 있는 항주성에 몇 안 되는 대장원 중 하나이기
때문이다.

일위 단명(檀明)은 공손히 대답했다.

“방 오십 개짜리 대전각이 아홉 채에, 중전각 열다섯 채, 소
전각 삼십사 채와 별원 일곱 채, 누각 다섯 채, 창고 열 동(棟),
주방…….”

“됐다.”

단운비는 손을 저은 후 귀매에게 물었다.

“그 정도면 너희와 가족들이 생활할 수 있겠느냐?”

귀매는 넋이 반쯤 나간 얼굴로 물었다.

“우리가 이사 갈 곳이 풍림장… 입니까?”

“그렇다.”

창천해상단은 항주성의 여러 개 장원을 사두었는데, 풍림
장은 그중 하나고 현재는 비어 있었다.

“맙소사. 두령, 속하는 정말…….”

귀매는 너무 놀라서 온몸에 기운이 다 빠져 버렸다.

귀매뿐 아니라 모든 건달들은 담담한 표정의 단운비를 쳐
다보면서 망연자실한 표정을 짓고 있었다.

　지금 그들의 머릿속은 오로지 한 가지 생각만으로 가득 차
있었다.
　자신들이 너무도 어마어마한 인물을 새 두령으로 모셨다
는 사실이었다.

第三十六章

풍우문(風雨門)

풍림화산

창천해상단의 본거지인 항주성 창천장.

오십여 명의 대상두가 참석한 대상 회의를 마친 단운비는
자신의 거처인 해룡전(海龍殿)으로 돌아왔다.

그는 이틀 후에 해상단을 이끌고 먼 외국에 다녀와야 하지
만 그 일을 가장 신임하는 대상두에게 맡겼다.

그는 한소진을 찾을 때까지는 육지에 머물러 있을 생각이
다. 그가 없으면 외국과 거래를 할 때 약간의 차질을 빚을 수
있겠지만, 그 정도는 감수할 수밖에 없다.

"풍림장에 가야겠다."

단운비는 차를 한 잔 마시자마자 다시 일어섰다.

“주군.”

그러자 청산이 조심스럽게 불렀다.

“그들에게 무술을 가르치러 가시는 것입니까?”

“그것도 있고, 그들에게 지시할 일도 있다.”

청산은 공손히 허리를 굽혔다.

“그것은 우도할계(牛刀割鷄)입니다. 속하가 대신 하게 해주십시오.”

소 잡는 데 쓰는 칼로 닭을 잡는다. 즉, 단운비처럼 큰일을 하는 사람이 자질구레한 일에 시간과 정력을 낭비하지 말라는 뜻이다.

단운비는 자리에 다시 앉으며 엷은 미소를 지었다.

“네 칼은 작으냐?”

단운비는 그렇다고 쳐도, 청산 정도의 거물이 건달들에게 시간을 허비하는 일 역시 우도할계라고 할 수 있었다.

하지만 단운비는 지금으로선 그의 말이 옳다고 생각했다. 그의 능력에 대해서는 잘 모르지만, 그 정도 능력은 차고도 넘칠 터이다.

그러자면 한소진에 대해서 이야기를 해줘야만 한다.

해룡사위의 사위, 어린 소녀가 다가와 단운비의 잔에 공손히 뜨거운 차를 따라주었다.

후룩.

“너에게 해줄 이야기가 있다.”

단운비는 차를 마시며 고즈넉이 말문을 열었다.

그러자 해룡사위가 조심스럽게 뒷걸음질쳐서 물러가려는 것을 그가 제지했다.

"이리 오너라. 너희도 내가 어떤 삶을 살았는지 들어두는 것도 나쁘지 않을 게다."

단운비는 일어나서 탁자로 자리를 옮기고, 청산과 해룡사위에게 둘러앉으라고 했다.

해룡사위 중 두 소녀가 단운비의 양옆에, 두 소년이 그녀들의 양쪽에 앉았고, 맞은편에는 청산이 앉았다.

두 소녀가 단운비 좌우에 앉는 것은 그녀들이 늘 그렇게 앉는 습관이 있기 때문이다.

해룡사위 모두 단운비를 하늘처럼 믿고 의지하고 존경하지만, 두 소녀는 거기에 하나를 더 가지고 있었다. 바로 여자들만이 느끼는 끈끈한 애정이었다.

그렇다고 두 소녀가 단운비를 사랑하는 것은 아니다. 그것은 딸이 아버지에게, 어린 여동생이 큰오빠에게 품고 있는 그런 마음인 것이다.

단운비는 한 식구가 되었으니 우선 청산과 해룡사위를 소개하기로 했다.

"이 사람은 예전에 내 수하였다가 얼마 전에 다시 만났다. 너희는 큰형이나 큰 오라버니 정도로 생각하여라."

단운비가 자신을 가리키자 청산은 자리에서 일어나 정중

하게 포권을 하였다.

"청산이라고 하네. 앞으로 잘 지내세."

그는 상대가 십대 소년, 소녀들이라고 함부로 업신여기지도 않고 그렇다고 지나치게 겸손을 부리지도 않았다.

그러자 단운비 오른쪽 두 번째에 앉은 일위가 일어나서 포권을 하며 공손히 허리를 굽혔다.

"소제는 단명이고 열여덟 살입니다. 대형(大兄)께서 많이 가르쳐 주십시오."

단명은 키가 훤칠하게 크고 어깨가 딱 벌어진 당당한 체구를 갖고 있으며, 실제 성격도 해룡사위의 맏형답게 자상하고 서글서글하며 듬직하다.

그다음에는 단운비의 왼쪽 두 번째의 이위가 일어나 단명처럼 공손히 예를 취했다.

"소제는 단강(檀剛)이고 열일곱 살입니다. 대형이 생겨서 너무 좋습니다."

목소리가 씩씩하고 낭랑한 단강은 청산을 보면서 환하게 웃어 보였다. 진심으로 기뻐하는 기색이 역력했다.

단강은 중간 정도의 키에 단단한 체격을 지녔으며, 구릿빛으로 그을린 얼굴이 매우 건강해 보였다.

또한 입가에는 언제나 선량하면서도 장난스러운 미소가 머금어져 있었다.

이번에는 단운비 오른쪽에 앉은 삼위가 다소곳이 일어나

예를 취했다.

"소매는 단청(檀淸)이라 하오며 열여섯 살이에요. 부족한 것이 많으니 많이 이끌어주세요."

풀잎이 산들바람에 스치는 것처럼 사운거리는 목소리다.

세상의 부끄러움과 순수함을 다 갖고 있는 듯한 소녀가 바로 단청이다.

그녀를 보면 예쁘다는 것보다도 먼저 눈앞이 환해지는 해맑음과 신선함이 느껴진다.

마지막으로 단운비 왼쪽에 찰싹 달라붙어 앉아 있는 어린 소녀가 발딱 일어났다.

그런데 포권은 하지 않고 두 손으로 단운비의 옷자락을 꼭 붙잡은 채 눈을 동그랗게 뜨고 일사천리로 빠르게 자신을 소개했다.

"저는 단홍(檀紅)이고요, 열다섯 살이고요, 해룡사위의 막내예요. 오랜만에 만나서 반가워요. 청산 대가(大哥)."

그리고는 얼른 앉아서 두 팔로 단운비의 팔을 가슴에 꼭 안고 그의 어깨에 얼굴을 묻었다.

단홍은 아직 어려서 체구도 작지만 명랑하고 붙임성이 좋아서 단운비와 다른 오빠, 언니들의 귀여움을 독차지하고 있었다.

동그란 얼굴에 능금처럼 붉은 두 뺨, 놀란 듯 커다란 두 눈에 조그맣고 새빨간 입술을 지닌 너무도 예쁘고 귀여운 외모를 지녔다.

청산은 의아한 표정을 지으며 단홍에게 물었다.

“홍아, 오랜만에 만나서 반갑다니, 나를 알고 있느냐?”

“그럼요. 잘 알아요.”

단홍은 청산을 보면서 얼른 대답하고는 다시 단운비의 어깨에 얼굴을 묻었다.

청산이 의아한 얼굴로 자신을 쳐다보자 단운비는 담담히 설명해 주었다.

“이 아이들은 하구촌 출신일세.”

“아…….”

청산은 적잖이 놀라고 또 감탄하는 표정을 떠올렸다.

하구촌 출신이라면 당연히 청산을 알고 있을 것이다.

그는 단운비와 함께 하구촌에서 다섯 달 가까이 살았기 때문에 하구촌 사람이라면 그를 다 알고 있었다.

단지 그 당시의 그는 상거지 꼴이었기에 하구촌 사람들은 그의 이름과 목소리만 알 뿐 얼굴은 모른다.

오죽하면 처음에 해룡사위 네 명이 단운비에게 거두어졌을 때, 말끔히 목욕을 하고 새 옷으로 갈아입고 나서는 서로를 알아보지 못했겠는가.

그들은 그때 서로의 얼굴은 물론이고, 자기 자신의 얼굴조차도 처음 보았던 것이다.

단운비는 하구촌 사람들에게 주루와 객잔을 내주면서 다

들 편히 먹고살게 해주었다.

그가 거둔 네 명의 소년, 소녀에겐 공통점이 있었다. 모두 고아라는 것, 그리고 근골과 자질이 뛰어나다는 사실이다.

어떤 목적이 있어서 그들을 거둔 것이 아니다.

첫째 이유는 하구촌이 사라지고 각자 뿔뿔이 흩어지는 과정에서 고아인 그들은 마땅히 갈 곳이 없었다.

둘째, 단운비가 항주성에 주루를 내줄 때 그 지역의 건달들이 괴롭히는 것을 간단하게 물리친 적이 있었다.

그 소문이 하구촌 사람들에게 퍼진 후 이들 네 명의 소년, 소녀가 자신들도 무술을 배우고 싶다면서 단운비에게 거두어 달라고 간곡하게 애원을 했었다.

셋째 이유는, 단운비도 외로웠기 때문에 외로운 그들과 가족처럼 지내고 싶었다.

청산은 해룡사위가 모두 단씨 성을 갖고 있는 이유를 짐작할 수 있었다.

천애고아인 해룡사위에게 단운비가 자신의 성을 준 것이다. 그 이유는 아마도 가족처럼 오순도순 살자는 뜻일 게다.

청산과 해룡사위의 소개가 끝난 후 단운비는 자신이 겪은 이야기를 해주었다.

혈랑파 두령 시랑의 수급을 갖고 흑사파로 살모사를 만나러 가다가 정신을 잃었던 때부터, 독천에서 한소진을 구하려다가 실패하여 중상을 입고 바다에 떠다니다가 창천해상단에 구출된 것까지, 마치 남의 이야기를 하듯 담담한 목소리로 설명했다.

단운비는 이야기를 하던 중에 자신이 새로운 환경으로 바뀌고, 새로운 인연을 만나기 전에는 반드시 정신을 잃었다는 웃지 못할 공통점을 발견했다.

처음 개봉성 취봉각에서 납치되어 하구촌에 버려졌을 때에 그는 정신을 잃었었다.

그다음 시랑의 수급을 갖고 살모사에게 갈 때에도 정신을 잃었다가 깨어나니까 지옥도였었다.

그리고 일 년 후 한소진을 구하려다가 실패하여 독천에서 추락하여 바다를 떠다니다가 창천해상단에 구출될 때도 정신을 잃은 상태였었다.

단운비의 설명을 듣고 난 청산은 정신이 나간 듯 아연실색한 표정을 짓고 있었다.

며칠 전에 단운비가 자신이 지옥에 다녀왔다고 말했을 때 청산은 그가 얼마나 지독한 일을 겪었을지 어느 정도 짐작은 했었다.

그런데 단운비의 설명을 들어보니까 청산 자신의 짐작이 단운비가 실제 겪은 일에 비해 백분지 일에도 못 미친다는 사실을 깨달았다.

독물들이 우글거리는 섬 지옥도.

그곳에 버려진 사람들은 최면에 걸려서 눈에 띄는 사람들을 무조건 잔인하게 죽인다.

그들을 피해서 강물 속으로 뛰어들었다가 식인어에게 온 몸이 뜯겨서 죽을 뻔했으며, 구사일생으로 수중 동굴을 발견하여 그곳을 안식처로 삼았다.

그곳에서 자라와 개구리, 물고기, 수초 등을 닥치는 대로 먹으면서 짐승처럼 살았던 일.

죽음보다도 더 처절했던 외로움, 어둠, 그리고 절망.

단운비가 지옥도에 대해서 조용히 설명할 때에는 청산도, 해룡사위도 모두 울었다.

단운비의 너무도 암울한 절망이 그들 모두의 가슴에 전해져서, 청산은 묵묵히 굵은 눈물을 흘리고, 해룡사위는 피를 쏟아내듯이 흐느끼며 오열을 했다.

단운비가 겪은 일은 그의 표현 그대로 지옥이었다. 그렇게 밖에는 설명할 수가 없다.

청산은 자신 때문에 단운비가 그런 일을 겪었다는 죄책감에 눈물이 났다.

해룡사위는 단운비가 너무 가여워서 통곡을 했다.

그러다가 단운비가 실로 운명적으로 한소진을 만나게 되었다는 대목에서는 청산과 해룡사위 모두 캄캄한 어둠 속에서 한줄기 빛을 만난 듯 기뻐했다.

청산은 알고 있었다. 평소 단운비의 성품으로 미루어 그는 자신이 겪었던 일을 전부 낱낱이 설명하지 않았다.

단지 그것만으로도 뼈를 깎아내도록 슬프거늘, 그가 눈물을 흘리고 이를 갈면서 자신의 이야기를 한다면 청산은 차마 들을 자신이 없을 것이다.

단운비는 조용히 식은 차를 마시며 침묵을 지키면서 자신의 의지가 아닌, 타인에 의해서 휘둘려진 자신의 삶을 차근차근 반추해 보았다.

항주성 번화가에 하나의 소문파가 개파(開派)했다.

문파 이름은 풍우문(風雨門).

개파한 첫날 풍우문의 제자는 육십여 명이었으나, 그 다음 날에는 백오십여 명으로 두 배 이상 불어났다.

또한 총사범 한 명을 비롯하여 사범이 다섯 명이나 된다.

거리를 오가는 행인들은 풍림장 안에서 담 밖으로 흘러나오는 우렁찬 기합 소리를 듣고는 걸음을 멈추고 고개를 갸우뚱거렸다.

이삼 일 전까지만 해도 풍림장은 비어 있었는데, 갑자기 기합 소리가 터져 나오기 때문이다.

그러나 풍림장의 거대한 전문은 굳게 닫혀 있고, 사방의 담은 높아서 도대체 그 안에서 무슨 일이 벌어지고 있는지 알 수가 없었다.

풍림장 안에 소문파 풍우문이 개파를 했으나 그 사실을 알고 있는 사람은 풍우문 사람들뿐이었다.

독수리가 날개를 펼치고 창공으로 날아오르기 전의 모습이 바로 풍우문이다.

끼이익!
인적이 드문 풍림장의 뒷문이 열렸다.
우두두둑!
그리고 풍림장 안에서 열 필의 인마(人馬)가 지축을 울리면서 달려나왔다.
그들은 사람이 다니지 않는 뒷길로 한참을 달려가다가 서로 인사를 하고 다섯 명씩 두 방향으로 나누어져서 다시 달려갔다.
그들이 가는 목적지는 각각 강소성과 절강성 남쪽 지역이었다.
목적지에 거의 당도하면 그들은 뿔뿔이 흩어져서 한 지역씩을 맡게 된다.
그렇게 한 달 동안 그 지역에 머물면서 주루와 객잔 등을 포섭하고, 주변의 방, 문파들의 동정을 살펴서 하루마다 항주성의 풍림장, 아니, 풍우문으로 보고를 할 것이다.
보고를 위해서 풍우문은 잘 길들인 전서구(傳書鳩)를 대량 구입했으며, 이들은 한 명당 두 마리씩의 전서구를 지니고 있었다.

단운비는 풍우문에 대해서 아무것도 신경 쓰지 않았다.

모든 일은 청산이 알아서 능수능란하게 처리했다.

풍우문은 혈랑파 건달 육십여 명으로 출발했으나, 다음날 하구촌 출신 사람들이 구십여 명이나 입문해서 도합 백오십여 명으로 불어났다.

건달이나 거지였다고 해서 팔다리가 한두 개 없거나 몹쓸 병에 걸렸거나 머리가 모자란 것이 아니다.

씻고 새 옷을 입으면 보통 사람들과 하나도 다를 바 없는 멀쩡한 사람들이다.

오히려 그들은 과거 자신들이 받았던 멸시와 천대에 대한 반대급부 때문에 보통 사람들보다 몇 배나 더 열심히 무술을 수련하고 학문에 정성을 쏟았다.

청산이 풍우문 총사범을 자처하고 나섰으며, 그를 도와 해룡사위가 네 명의 사범이 되었다.

청산은 단운비가 자잘한 일에 추호도 신경을 쓰지 않도록 모든 것을 알아서 처리했다.

장공임조비(長空任鳥飛). 하늘은 새가 마음껏 날도록 맡긴다. 즉, 큰 인물은 작은 일에 매달리지 않는다는 것이 청산의 생각인 것이다.

청산은 풍우문 전체 백오십육 명을 네 개의 반(班)과 여덟 개의 실(室), 열다섯 개의 분(分)으로 편성했다.

혼인을 하여 가족이 있는 제자는 가족 수에 맞게 방을 지급

했고, 그 외에는 한 명에 방 하나씩을 나누어 주었다.

그리고 귀매 이하 전 제자들에게 매월 은자 열 냥씩을 고루 지급하기로 했다.

풍우문은 여러 가지 면에서 여타 방, 문파들과는 달랐다.

문하제자들이 전직 건달과 거지로 이루어졌다는 것.

문파 내에서 가족들과 함께 생활을 한다는 것.

배우려는 열성과 문주(門主)에 대한 충성심이 하늘을 찌른다는 것.

최고로 풍족하고 여유로운 생활 여건에 최고로 만족하고 있다는 것 등이다.

그런 방, 문파는 중원에서 오로지 풍우문 한 군데뿐이었다.

쾅쾅쾅!

"문 열어!"

누군가 풍우문 전문을 부술 듯이 거세게 두드리면서 고함을 질러댔다.

그긍!

잠시 후에 전문이 육중하게 열리고 풍우문 제자 두 명이 모습을 나타냈다.

두 제자는 전문 밖에 서 있는 사람이 누군지 한눈에 알아보았다. 그는, 아니, 그녀는 그 유명한 창천해상단의 소단주 창룡녀(蒼龍女) 자미령이었다.

난데없는 자미령의 방문에 두 제자는 크게 당황해서 어쩔 줄을 몰라 했다.

"소저, 이곳에는 어인 일로 오셨습니까?"

자미령은 두 제자를 밀치면서 전문 안으로 성큼성큼 걸어 들어갔다.

"오빠 안에 계시죠?"

"소저, 문주께서는 외부인의 출입을 엄금하셨습니다."

두 제자가 급히 뒤따르며 말했으나 감히 자미령의 앞을 막아서거나 그녀의 몸에 손을 대지는 못했다.

"문주?"

자미령은 뚝 걸음을 멈추고 가볍게 놀라는 표정을 지었다.

이어서 재빨리 전문 밖으로 달려나가서 전문 위 현판을 올려다보았다.

거기에는 언제나처럼 '풍림장' 이라고 적혀 있었다.

그녀는 다시 전문 안으로 들어가며 물었다.

"오빠가 문주라니, 오빠가 문파를 열었나요? 무슨 문파죠? 이름이 뭔가요?"

말실수를 한 제자들은 당황해서 어쩔 줄을 모르고 전전긍긍했다.

그리고 그들이 말릴 새도 없이 자미령은 휭 하니 풍림장에서 가장 큰 전각으로 쏘아갔다.

하기야, 그들이 말린다고 해서 들을 자미령도 아니었다.

단운비는 자신의 거처에서 운공조식을 방금 끝냈다.

몸은 하나의 깃털이 된 듯하고, 정신은 흔들림없는 샘물처럼 맑았다.

창천해상단에서의 지난 이 년여 동안 줄기차게 운공조식을 하고 무공 연마를 한 덕택에 현재 그는 절정(絶頂)이라고 해도 좋을 정도의 수준에 올라 있었다.

공력은 자그마치 사 갑자, 즉 이백사십 년 수준에 이른 상태다.

무림에서는 그 정도 수준이면 노화순청(爐火純靑)의 경지라고 하며, 인간의 한계를 벗어나 신의 경지로 들어선다는 초범입성(超凡入聖)이라고도 한다.

창천해상단에 구출된 이후 일 년이 지날 때까지만 해도 그는 자신의 공력이 빠르게 증진하는 것이 순전히 귀별금보의 백혈의 효능 덕분이라고만 생각했었다.

귀별금보의 백혈을 수백 마리나 마셨으니 자신의 체내에 아직 공력으로 전환하지 않은 백혈이 무진장 남아 있을 것이라는 생각이다.

그런데 공력이 너무 빠르게, 그리고 많이 증진을 하니까 조금씩 생각이 변했다.

혹시 귀별금보의 백혈만이 아니라 다른 요인이 있는 것이 아닌가, 하고 말이다.

그러다가 생각해 낸 것이 혈와다. 그는 귀별금보보다 혈와를 수십 배나 더 많이 먹었다.

그것은 그의 체내에 귀별금보의 백혈보다 혈와의 극독이 훨씬 더 많이 축적되어 있다는 뜻이다.

그런데도 귀별금보의 백혈이 공력을 급속도로, 그리고 꾸준히 증진시켜 주는 데 반해서 혈와의 극독은 삼 년여 동안이나 아무런 조짐도 보이지 않고 있다.

그래서 그럴 리가 없을 것이라는 생각이 들었다.

사람이 무엇이든 먹으면 어떤 형태로라도 몸에 영향을 미치는 것이 당연하다.

약을 복용하면 약효가, 독을 먹으면 독의 증상이, 몸에 이로운 것을 먹으면 피와 살과 뼈로 갈 것이고, 해로운 것을 먹으면 발병(發病)을 하는 것이 자연의 이치다.

그런데 그가 혈와의 독을 그토록 많이 먹었는데도 불구하고 삼 년여가 흐르도록 몸에 이롭든지 아니면 해롭든지, 어떤 형태로든 발현(發顯)을 하지 않는다는 것은 뭔가 이상해도 많이 이상한 일이었다.

또한 그는 혈와의 극독이 체내의 어디에 축적되어 있는지 찾아내려고 무던히 노력했으나 끝내 찾아내지 못했다. 마치 대해에 빠진 바늘 하나처럼 종적이 묘연한 것이다.

그래서 결국 그는 한 가지 추론을 이끌어내기에 이르렀다.

자신의 공력을 만들어내고 있는 것이 귀별금보의 백혈만이 아니라 혈와의 독도 보탬이 되고 있다고 말이다.

그조차도 깨닫지 못하는 사이에 어떤 특이한 현상이 그의 체내에서 벌어지고 있는 것이 분명했다.

이 땅에 사람들이 살기 시작한 이후부터 지금까지 한 사람이 귀별금보와 혈와를 동시에 먹은 경우가 있었을까?

아마 한 번도 없었을 것이다. 있었다면 그런 기록이 남았을 터이다.

그러므로 단운비는 최초로 귀별금보와 혈와를 동시에 먹은 사람인 것이다.

그래서 그의 체내에서는 귀별금보의 백혈과 혈와의 독이 기현상을 일으키고 있을 터이다.

더 자세한 것은 알 수 없으니 결국 그는 잠정적으로 그런 결론을 내리고 그 일에 대해서는 다른 이상 징후가 발생할 때까지 덮어두기로 했다.

반년 전 공력이 삼 갑자에 도달했을 때, 그는 자신이 필요로 하는 무공들을 거의 다 완벽하게 터득했다.

그런데 그로부터 얼마 지나지 않아서 한 가지 사실, 아니, 이치를 깨닫게 되었다.

무공이라는 것은 근본적으로 같은 뿌리에서 파생되었고, 마지막에는 결국 한곳으로 귀결된다는 무공의 철칙을 깨달은 것이다.

　다시 말해서, 무공의 초식이나 변화 같은 복잡한 것들은 최초에 입문해서 어느 단계까지는 절대적으로 필요하지만, 공력이 노화순청에 이르고 수많은 절학들을 완벽하게 터득한 이후에는 필요하지 않더라는 뜻이다.

　무공의 목적은, 어떻게 하면 가장 빠르고도 수월하게 상대를 제압하느냐는 것이다.

　그러기 위해서 검법, 도법, 창법, 장법, 지법 등 수많은 수법과 초식이 생겨났다.

　하지만 단운비는 그 많은 초식들의 최고 장점들을 모두 다 완벽하게 터득하고 나니, 새로운 길이 나타난 것이다.

　항주성에서 낙양성까지 오천여 리 길을 가자면 배를 타거나 말, 혹은 마차나 수레를 타고 가는 것, 아니면 걸어서 가는 등 여러 방법들이 있다.

　그러나 그런 것들보다 훨씬 더 간명하면서도 빠른 방법이 하나 있다.

　날아서 일직선으로 가는 것이다.

　현실로는 도저히 불가능한 방법이다. 그런데 단운비는 그 이치를 깨달은 것이다.

　일 초식에 변화가 얼마나 들어 있고, 상대가 저렇게 나올 때 나는 어떤 식으로 대처를 해야 한다는 보편적이면서도 저급한 방법이 아니다.

　그저 가장 빠르고도 강력하게 상대를 제압해 버리는 것이다. 그것이 곧 무공의 목적이다.

현재 단운비의 상태를 설명하자면 등각일전(等覺一轉)이라
고 할 수 있었다.

즉, 높고도 깊은 경지에 이르러 새로운 한 파(派)를 여는
것. 등각(等覺)에서 일전(一轉)하여 묘각(妙覺)에 이르는 이치
다.

"운비 오빠!"

그때 창밖에서 자미령의 날카로운 외침이 들렸다.

단운비가 몸을 일으켜 삼층 창가에서 아래를 굽어보니 전
각 입구에 자미령이 서 있고, 그 앞에 청산이 가로막은 채 우
뚝 서 있었다.

자미령이 들어오려는 것을 청산이 제지하고 있는 듯했
다.

청산이 막고 있으면 제아무리 자미령이라고 해도 전각 안
으로는 한 발자국도 들여놓지 못할 것이다.

자미령의 얼굴을 보니 약이 올라서 발갛게 달아올라 콧김
을 쌔근쌔근 뿜어내고 있었다.

단운비는 창 아래를 향해 일렀다.

"청산, 소단주를 올려 보내라."

"운비 오빠!"

단운비를 발견한 자미령은 울음을 터뜨릴 것처럼 반갑게
외쳤다. 청산이 가로막는 것이 꽤나 속상했었나 보다.

“소단주, 항주성의 건달들과 거지들을 구제하는 방법의 일
환으로 문파를 개파한 것이오.”

단운비는 탁자 맞은편에 오도카니 앉은 자미령에게 단아
한 어조로 설명했다.

그것으로 자미령은 충분히 이해했다.

원래 단운비는 항주성과 인근 지역의 빈민 구제를 위해서
틈만 나면 많은 일들을 해왔었기 때문에, 문파를 개파한 것도
그것의 연장선상에서 이해를 하면 간단한 것이었다.

“문파 이름은요?”

“풍우문이오.”

단운비가 문파 이름을 풍우문으로 지은 데에는 특별한 이
유가 있다.

한소진의 가문이 풍우문이기 때문이다.

벌써 오래전에 단운비는 한소진의 가문인 호북성 한천현(漢
川縣)의 풍우문에 대해서 조사를 해봤었다.

알아본 바에 의하면, 풍우문은 이미 멸문한 지 삼 년이나
지난 상황이었다.

그 시기가 한소진이 납치된 시점과 일치했기 때문에, 단운
비는 삼천존 수하들이 그녀를 납치하는 과정에서 풍우문을
멸문시켰을 것이라는 결론을 내렸었다.

단운비는 한소진을 그리워하는 마음으로 문파의 이름을

풍우문이라고 지었다.

그리고 또 혹시 그녀가 풍우문이라는 이름을 보고 한 번쯤 이곳에 들를지도 모른다는 기대를 한 것이다.

자미령은 흐뭇한 미소로 고개를 끄덕였다.

"참 좋은 이름이에요."

아무리 화가 머리 꼭대기까지 났더라도 그녀는 단운비만 보면 봄날에 눈 녹듯이 화가 모두 사라져 버린다.

그녀의 불만은 딱 하나다.

단운비를 만난 지가 벌써 이 년여가 넘었고, 자신이 그토록 친오빠처럼 살갑게 대하는 데에도 그는 여전히 남처럼 그녀를 '소단주'라 부르고 말끝마다 '하오'를 하면서 깍듯하게 예의를 갖춘다는 점이다.

하지만 그녀가 아무리 자신을 누이동생처럼 편하게 대해 달라고 해도 단운비는 마이동풍, 전혀 듣지 않았다.

"저도 여기에 머물도록 해주세요."

자미령은 생글생글 미소 지으면서 말했다. 그것은 부탁이 아니라 통보였다.

단운비는 지금껏 그녀가 하고자 하는 것을 만류하거나 방해한 적이 없었다.

"그렇게 하시오."

"고마워요, 운비 오빠."

그러자 자미령은 발딱 일어나서 외치며 단운비에게 달려

가 그의 무릎에 앉으면서 두 팔로 그의 목을 끌어안고 기쁨과
고마움을 표시했다.
　　단운비는 그녀가 하는 대로 잠자코 내버려 두었다.

第三十七章

놀라운 추리

풍림화산

벽검궁주 예강조 부부의 장례가 끝난 지도 이틀이 지났다.

절강성과 강소성에서 찾아온 많은 정파 고수들은 장례에 참석해 예강조의 암살에 대해서 분분하게 의견을 나누다가 끝내 결론에 이르지 못하고 뿔뿔이 돌아갔다.

그렇지만 마지막까지 돌아가지 않고 남아 있는 한 사람이 있었다.

그 사람이 슬픔에 잠겨 있는 소궁주 벽류검옥 예소약을 찾은 것은 장례가 끝난 후 이틀째 늦은 오후였다.

"실례해요."

청아하면서도 우아한 목소리로 말하면서 들어선 사람은 뜻밖에도 여자다.

부모가 참혹하게 죽임을 당한 지 오늘로서 닷새째인데도 예소약은 여전히 충격과 슬픔에서 헤어나지 못하고, 애훼골립(哀毁骨立)의 초췌한 모습이었다.

그녀는 쓸쓸한 표정으로 전면을 바라보았다. 자신을 만나고 싶다는 사람이 여자라서 뜻밖이기는 하지만 얼굴에는 슬픔 외에는 별다른 표정이 떠오르지 않았다.

예소약은 들어선 여자의 이름이 독고연(獨孤蓮)이며, 부모의 장례에 참석한 문상객 중 한 명이라고 알고 있었다.

그런 사실은 옆에 서 있는 담성(覃토)이 알려주었다.

담성은 오래전부터 예소약의 심복이었다.

특히 삼 년 삼사 개월쯤 전에 벽검궁의 홍월당주가 의문의 죽임을 당하여 그 사건을 함께 조사하고 해결하는 과정에서 담성의 친구인 전광이 죽고, 흉수인 제천방의 적혼당주를 잡아들여 처형한 일로 인해서 두 사람은 급속히 가까워졌었다.

예소약의 전폭적인 신임과 지지를 받은 담성은 그때 이후 빠른 승급을 거듭하여 현재는 벽검궁의 요직인 벽월당주(碧月堂主)라는 지위에 올라 있었다.

"무슨 일로 소궁주를 뵙자고 하셨소?"

만사가 귀찮은 예소약을 대신해서 그녀 옆에 우뚝 서 있는 담성이 전면의 여자에게 물었다.

여자는 연한 녹의경장을 입고 있으며 머리에는 챙이 넓은 모자를 써서 모자에서 드리워진 얇은 면사가 얼굴을 가리고 있는 모습이었다.

얼굴은 보이지 않지만 늘씬한 키에 가냘픈 체구, 그러면서도 풍만한 몸매의 소유자였다.

"암살 현장을 한 번 봤으면 해요."

문상객 중에서도 굵직굵직한 인물들만 암살 현장, 즉 예강조 부부의 침실을 봤다. 그러나 거기에서 아무런 단서도 찾아내지 못했었다.

뜻밖의 요구에 예소약은 처음으로 얼굴에 의아한 표정을 떠올리며 녹의녀를 쳐다보았다.

암살 현장을 본 인물들은 절강성이나 강소성에서 내로라하는 명망 높은 고수들이었다.

그들 중 몇 명은 암살자에 대해서 뭔가 알아내려는 기색이 역력했으나, 대다수는 그저 형식적으로 대충 둘러보는 것에 그쳤었다.

그래서 예소약은 몹시 실망했으며 급기야 무림에 대해서 환멸을 느끼게 되었다.

그런데 장례가 끝난 지 이틀이 지나도록 가지 않고 혼자 남은 독고연이라는 여자가 불쑥 찾아와서는 암살 현장을 보고 싶다고 요구하는 것이다.

예소약은 경계와 호기심 어린 표정으로 녹의녀를 자세히

살펴보았다.

하지만 그녀에게서 고고한 기품 같은 것이 풍기는 것만을 느꼈을 뿐 아무것도 알아내지 못했다.

"실례오만, 독고 낭자께서는 어느 방면의 분이시오?"

이번에도 예소약 대신 담성이 날카롭게 녹의녀를 주시하며 물었다.

녹의녀는 조문록(弔問錄)에 그냥 자신의 이름만 달랑 기록했을 뿐 고향이나 출신 방, 문파 따위를 하나도 기록하지 않았다.

녹의녀는 흔들림없이 조용히 대답했다.

"나는 독고 가문의 딸이에요."

"아! 원래 독고장(獨孤莊)의 소장주셨군요."

그제야 담성은 고개를 끄덕이며 아는 체를 했다. 그는 녹의녀가 강소성에 있는 독고장의 딸이라고 판단한 것이다. 독고장은 삼류에 속하는 문파다.

그러나 독고연은 독고장의 소장주가 아니다.

그녀의 원래 이름은 독고연지인데 조문록에는 이름 끝에 한 글자를 빼고 적었다.

또한 그녀가 자신을 독고 가문 출신이라고 한 것은 거짓말이 아니다.

독고 가문이 금검보를 일으켰으며, 문중 사람들끼리는 금검보를 스스럼없이 독고 가문이라고 부르기 때문이다.

"그런데 무엇 때문에 암살 현장을 보려는 것이오?"

담성의 물음에 독고연지는 막힘없이 대답했다.

"나는 얼마 전에 강소성에서 의문의 암살을 당한 분의 암살 현장을 본 적이 있어요. 그래서 그것과 어떤 연관성이나 공통점이 있지 않을까 확인해 보고 싶군요."

"그런가요?"

그러자 예소약이 반색하면서 일어나며 담성에게 더 이상 물어볼 것 없다는 듯 손을 저어 보였다.

사실 예소약은 부모의 죽음에서 실오라기 같은 단서 하나도 찾아내지 못했다.

졸지에 부모를 잃고 천애고아가 된 그녀는 하늘이 무너지는 충격과 슬픔에 빠졌다.

그리고 그 무게만큼, 아니, 그 이상으로 암살자에게 복수를 하고 싶었다.

하지만 암살자가 누구인지는커녕 그것을 알아낼 수 있는 단서가 하나도 없는 상황이니 답답하기만 한 심정이었다.

그런데 독고연지가 강소성에서의 암살 현장을 봤다고 하고, 부친의 암살에 대해서 강한 호기심을 보이자 한줄기 희망을 기대한 것이다.

"따라오세요."

예소약이 앞장 서 걸음을 옮기자 담성이 즉시 달려가 방문을 열었다.

그때 수하 한 명이 막 들어오다가 예소약을 발견하고 즉시 예를 취하며 보고했다.

"소궁주, 제천방의 소방주가 찾아왔습니다."

예소약과 담성은 적잖이 놀란 표정을 지었으나 곧 그럴 수도 있다는 표정으로 바뀌었다.

벽검궁주와 제천방주가 같은 날 밤에 똑같이 암살을 당했으니 제천방 소방주가 그것 때문에 찾아왔을 것이라고 짐작한 것이다.

"무엇 때문에 왔다고 하느냐?"

"궁주의 암살 현장을 직접 보고 싶다고 했습니다."

그것 역시 충분히 있을 수 있는 일이다. 그렇지 않아도 예소약은 암살 현장으로 가는 길이니까 구태여 거부할 일이 아니었다.

"소방주를 아버님 처소로 안내해라."

독고연지도, 제천방 소방주도 암살에 대해서 깊은 관심을 보이자 예소약의 잃었던 의욕이 되살아났다.

독고연지는 예강조 부부가 암살된 침실 곳곳을 세심하게 살피고 있으며, 예소약과 담성은 약간 떨어진 곳에서 그녀를 묵묵히 지켜보고 있었다.

그때 수하가 한 명의 청년을 데리고 왔다. 청년은 예소약을 한눈에 알아보고 정중히 포권을 해 보였다.

"실례하겠소. 제천방의 태무상(太武常)이오."

예소약은 예전에 제천방 소방주 태무상을 거리에서 우연히 두어 차례 마주친 적이 있어서 초면은 아니었다. 하지만 말을 나눠본 적은 없었다.

그런데 예소약은 자신에게 예를 취하고 있는 태무상을 쳐다보다가 조금 뜻밖이라는 표정을 지었다.

태무상은 황의경장을 입은 이십이삼 세가량의 청년이다.

육 척에 달하는 큰 키에 딱 벌어진 어깨와 당당한 체구, 부리부리한 눈에 우뚝한 코와 두툼한 입술. 턱까지 이른 검고 짙은 구레나룻, 어깨에 메고 있는 푸른빛이 감도는 한 자루 도(刀) 등이 그가 매우 용맹하면서도 곧은 기상을 지니고 있음을 대변하는 듯했다.

제천방이 정파도 사파도 아닌 정사간(正邪間)의 방파인 데 비해서 태무상은 매우 정의로운 기상을 지니고 있었던 것이다.

또한 제천방주는 환갑이 훨씬 넘은 연로한 나이인데, 태무상 같은 뛰어난 외아들을 두었으니 명주출로방(明珠出老蚌), 오래 묵은 조개에서 훌륭한 구슬이 나왔다는 옛말을 생각나게 했다.

예소약이 태무상을 마지막으로 본 것은 사 년쯤 전이며, 그때는 아직 소년의 티를 벗지 못한 유약한 모습이었다.

물론 그 당시의 예소약은 십오 세의 어린 소녀였다.

그런데 사 년 사이에 몰라보게 변한 모습으로 그녀 앞에 나타난 것이다.

하지만 태무상의 크게 변한 모습은 예소약의 표정을 잠시 변하게 하는 것에 그쳤다.

예소약은 마주 포권하며 가라앉은 목소리로 말했다.

"예소약이에요."

그리고는 시선을 거두어 다시 독고연지를 바라보았다.

태무상도 더 이상 말하지 않고 긴장된 표정으로 조심스럽게 실내를 천천히 둘러보았다.

그는 자신의 부친과 같은 날 밤에 암살당한 벽검궁주의 암살 현장을 살펴보고 뭔가 하나라도 단서를 찾고 싶어서 단신으로 이곳에 찾아왔다.

그때 독고연지는 살피기를 끝내고 예소약 옆으로 다가와서 뭔가 곰곰이 생각에 잠겼다.

그리고 태무상은 독고연지와 교대를 한 듯 침상과 주변을 꼼꼼히 살피기 시작했다.

예소약은 독고연지와 태무상 두 사람에게서 공통점 하나를 찾아낼 수 있었다. 지나칠 정도로 세심하게 하나하나 살핀다는 사실이다.

예소약도 이곳을 서너 번 살펴본 적이 있었다. 제 딴에는 단서를 찾아내기 위해서 최대한 세심하게 살폈다고 생각했었다.

그런데 지금 이 두 사람을 보니까 자신이 얼마나 주마간산(走馬看山) 건성으로 살펴봤었는지를 깨달을 수 있었다.

더구나 그녀는 침상 위에 죽어 있던 부모의 모습을 처음 목격했을 때의 충격이 너무도 생생해서 될 수 있는 대로 이곳에 오지 않으려고 애를 썼다.

예소약은 독고연지가 골똘히 생각에 잠겨 있는 것을 보고 그녀가 뭔가 단서를 발견한 것이 아닌가 하고 내심 기대를 품었다.

이윽고 태무상도 살펴보기를 끝내고 예소약 쪽으로 걸어오더니 곧 생각에 잠겼다.

그때 독고연지가 예소약을 바라보며 조심스럽게 물었다.

"이런 것을 물어서 미안하지만, 부모님의 시신에서 뭔가 이상한 점이 없었나요?"

독고연지는 정말 민감한 것을 물었다. 예소약은 그때의 끔찍한 기억을 잊으려고 무던히 애쓰고 있었기 때문이다.

그런데 독고연지는 미안하다고 말하면서도 궁금한 것을 에두르지 않고 콕 찍어서 물었다.

그러자 예소약은 화들짝 놀라는 표정을 짓고는 쉽사리 입을 열지 못했다.

그때의 기억을 다시 떠올리자니 벌써부터 몸서리가 쳐지기 시작했다.

그런데 독고연지는 그녀를 빤히 응시하면서 대답을 기다

리고 있었다. 예소약에게는 잔인한 순간이었다.

아니, 태무상도 생각하기를 멈추고 그녀를 보면서 대답을 기다리고 있었다.

예소약 뒤에 우뚝 서 있는 담성은 지금 그녀가 어떤 심정인지 짐작하지만 침묵을 지키고 있었다.

그녀가 하루빨리 부모를 잃은 충격에서 헤어나기를 원하고, 또 독고연지와 태무상이 실낱같은 단서라도 찾아주기를 바라기 때문이다.

예소약은 자신의 심정하고는 달리 대답을 할 수밖에 없는 상황이라는 것을 깨달았다.

"부모님께선……."

그렇게 말을 시작했을 뿐인데 벌써부터 눈물이 솟구쳤다.

"정말 처참하게 돌아… 가셨어요… 으흐흑!"

그녀는 그렇게 말하고는 두 손으로 얼굴을 가리고 어깨를 들먹이며 울음을 터뜨렸다.

그녀는 평소에 자신이 꽤나 강한 심성의 소유자인 줄 알았는데, 이번 일을 계기로 자신이 무척 여린 심성을 지녔다는 사실을 깨닫게 되었다.

담성은 적잖이 당황해서 어쩔 줄을 몰라 했다.

"소궁주……."

그때 독고연지가 예소약 앞에 바짝 다가가 두 손을 뻗어 그녀를 부드럽게 안아주었다.

"그동안 마음껏 울지도 못했군요. 울고 싶을 때는 우는 편이 나아요. 자, 아무도 흉보지 않으니까 속이 후련해질 때까지 실컷 울어요."

이어서 그녀의 등을 부드럽게 다독이며 마치 언니처럼 위로해 주었다.

"으앙—!"

그러자 예소약은 큰 소리로 울기 시작하며 독고연지의 품속으로 파고들었다.

사실 예소약은 부모님이 죽었다는 사실이 믿어지지 않아서, 그리고 너무 무서워서 아무도 없을 때 소리를 죽여서 눈물을 훌쩍였을 뿐이다.

하지만 일단 울기 시작하자 참고 참았던 슬픔과 두려움이 마치 둑이 터지듯 한꺼번에 분출되었다.

담성은 예소약을 측근에서 지켜주는 유일한 사람이지만 그녀의 내심까지 세밀하게 살펴주지를 못했다.

설혹 살펴주었다고 해도 그녀는 담성의 품에 안겨서 펑펑 울지는 못했을 것이다.

태무상은 처연한 표정으로 예소약을 응시했다. 그 역시 같은 날 부친을 잃었기 때문에 지금 예소약의 심정이 어떤지 누구보다도 잘 알고 있었다.

그렇게 예소약은 독고연지의 품속에서 눈물이 마를 때까지 일각 이상이나 울었다.

"어머님께선 둔기에 적중되신 것처럼 머리가 무참히 산산 조각으로 깨지시고……."

예소약은 착 가라앉은 목소리로 설명했다. 그러나 실컷 울었다고 해도 모친의 처참한 죽음을 설명하는 것은 쉬운 일이 아니었다.

일행은 침실 옆 넓은 거실로 자리를 옮겨서 탁자 둘레에 앉아 있었다.

예소약과 독고연지는 나란히 앉았으며, 독고연지가 예소약의 손을 꼭 잡아주고 있는 모습이었다.

무남독녀인 예소약은 독고연지가 친언니처럼 느껴져서 마음이 더없이 포근하고 안정이 되었다.

"아버님은… 복부가 터지셨는데……."

그 당시의 끔찍한 장면이 떠올라서 예소약은 한차례 부르르 몸을 세차게 떨고는 다시 말을 이었다.

"내장과 장기가 파열된 상태였어요."

"혹시 부친의 사체가 푸석푸석하지 않았나요? 그리고 갑자기 연세가 더 들어 보이는 것 같지는 않았나요?"

독고연지가 조심스럽게 묻자 예소약은 낮은 탄성을 터뜨리며 놀라는 표정을 지었다.

"아! 그래요! 저도 그 점이 몹시 이상했었어요……!"

예소약은 독고연지의 손을 마주 잡고 말을 이었다.

"아버님의 시신은 마치 체내에 수분이 없는 것처럼 메말랐으며, 피부가 노인처럼 쭈글쭈글 주름투성이였어요. 아버님께선 불과 사십대 중반이었기에 이상하게 여겼지만 사인(死因)하고는 직접적인 관계가 없을 것이라는 생각에 무심히 지나쳤었어요."

독고연지는 자신들의 앞쪽에 심각한 표정으로 서서 듣고 있는 태무상을 바라보았다. 당신 부친은 그런 모습이 아니었느냐고 묻는 것이다.

그 뜻을 알아듣고 태무상은 조용한 목소리로 말했다.

"선친께선 목이 잘리셨소."

독고연지는 말해줘서 고맙다는 듯 가볍게 고개를 끄덕였다.

이어서 그녀는 예소약의 손을 놓고 꼿꼿한 자세로 전면을 응시하며 잠시 생각을 정리했다.

그사이에 태무상이 독고연지를 보면서 입을 열었다.

"선친께선 주무시던 자세 그대로 돌아가셨소. 그리고 선친의 목에서는 피가 한 방울도 흐르지 않았소."

태무상은 독고연지가 누군지 모르고 또 처음 보지만 그녀가 매우 신중하고 또 뭔가 중요한 사실을 알려줄 것 같다고 느끼면서 말을 이었다.

"그것은 암살자가 살수라는 것을 뜻하오. 그렇지 않고서는 선친께서 암살자의 침입을 전혀 모르고 계시다가 당했을 리가 없소."

그의 말에는 강한 자부심이 깃들어 있었다.

살수란 일반적인 무림인하고는 달리 목표로 삼은 대상을 쥐도 새도 모르게 죽이는 수법만을 고도로 훈련받은 자다.

그러므로 태무상의 말뜻은, 살수가 추호의 기척도 없이 부친의 침실에 잠입하여 암살에 성공했으나, 만약 정정당당하게 일대일로 싸웠다면 살수가 부친의 적수는 되지 못했을 것이라는 뜻이다.

그때 생각에 잠겼던 독고연지가 조용한 목소리로 말했다.

"목이 잘렸는데도 피가 나오지 않았다는 점을 어떻게 생각하세요?"

"그것은 아마 살수가 무슨 수작을 부린 것 같소."

태무상은 가볍게 미간을 좁히며 말하고 나서 고개를 설레설레 가로저었다.

"솔직히 불초도 그 점이 잘 이해가 가지 않소. 어떻게 해야 절단 부위에서 피가 나오지 않는 것인지……."

사실 그가 그렇게 생각하는 것은 무리가 아니다.

무림에 알려져 있는 '살수' 라는 자들에 대한 보편적인 인식은 '표적에 귀신처럼 접근하여 죽이고 사라지는 박쥐 같은 자' 라는 것이기 때문이다.

즉, 살수는 정정당당함도 무공 실력도 형편없는데 오직 잠입술이나 은둔술 따위에만 능통하다는 것이다.

　태무상은 말하고 나서 독고연지를 쳐다보았다. 그녀가 그렇게 물은 이유가 따로 있을 것이라고 생각한 것이다.

　예소약 또한 독고연지가 암살 현장을 살펴보고 나서 무엇인가 말할 것이 있지 않을까 적이 긴장한 얼굴로 그녀를 바라보았다.

　그런 분위기를 느꼈는지 독고연지는 한차례 심호흡을 한 후 고즈넉하면서도 낭랑한 목소리로 입을 열었다.

　"결론적으로 말하자면, 벽검궁주와 제천방주를 암살한 흉수는 동일인물이 아니에요."

　그녀의 말에 예소약은 조금 실망한 듯한 표정을 지었다. 그런 것은 누구라도 쉽사리 짐작할 수 있기 때문이다.

　"어떻게 그리 단정하오?"

　그런데 태무상은 궁금하다는 듯 물었다. 아마 그는 예소약과 생각이 다른 듯했다.

　독고연지는 막힘없이 대답했다.

　"두 사건이 같은 날 밤에 발생했다는 사실이 첫 번째 증거예요."

　"그것은 증거로서는 미비하오. 벽검궁과 제천방은 불과 이십여 리 거리에 있으므로 살수 한 명이 하룻밤 동안에 양쪽을 오가면서 암살을 자행했을 수도 있소."

　독고연지는 예소약의 손을 놓고 상체를 꼿꼿하게 세우며 손가락 하나를 치켜세웠다.

"한 명의 살수는 한꺼번에 두 명을 암살 대상으로 삼지 않는다는 것이 살수계(殺手界)의 불문율이에요."

그것은 예소약이나 태무상, 담성이 처음 듣는 말이었다. 그렇지만 충분히 가능한 얘기다. 그리고 그 말이 사실이라면 벽검궁주와 제천방주는 두 명의 살수에게 같은 시각에 암살당했다는 뜻이다.

하지만 지금 진행 중인 대화 내용하고는 달리 세 사람은 독고연지의 치켜세운 검지 손가락이 매우 길고 희며 아름답다는 생각을 동시에 했다.

독고연지의 말이 이어졌다.

"살수는 한 명의 표적을 죽이기 위해서 짧게는 열흘에서 한 달, 길게는 몇 달씩이나 공을 들이는 게 보편적이에요."

그녀는 가볍게 고개를 가로저었다.

"하지만 저는 벽검궁주 거처 주변을 샅샅이 살폈으나 살수가 은신했을 만한 흔적을 어디에서도 발견하지 못했어요. 그것은 살수가 미리 잠입한 것이 아니라 암살이 있던 날 밤에 잠입하여 아주 짧은 시각 안에 일을 처리하고 사라졌다는 뜻이에요."

예소약과 태무상은 독고연지가 벽검궁주 거처 주변을 샅샅이 살폈다는 사실에 적이 놀라서 표정이 변했다.

그들은 거기까지는 미처 생각한 적이 없었고, 그래서 살펴볼 생각조차 못했었기 때문이다.

그래서 두 사람은, 아니, 담성까지 세 사람은 그때부터 독고연지가 결코 평범한 사람이 아니라는 생각이 들었다.

그래서 그녀가 이 암살 사건에 대해서 중대한 사실을 말해 줄지도 모른다는 기대감이 팽배해졌다.

독고연지는 예소약을 보며 물었다.

"궁주의 거처를 호위하는 호각무사(護閣武士) 두 명이 같은 날 밤에 죽은 것으로 알고 있어요."

예소약은 깜짝 놀랐다. 도대체 독고연지가 어디까지 알고 있는 것인지 끝을 알 수가 없었다.

호각무사 두 명이 죽은 것은 사실이다. 그것은 구태여 숨길 만한 일도 중요한 일도 아니었다.

다만 독고연지가 그런 사실까지 조사했다는 사실이 놀랄 만한 일이었다.

"그건 사실이에요. 그런데 그것이 이 사건과 무슨 관계가 있나요?"

"중요한 일은 아니에요. 다만 그들이 일개 살수가 아닐 것 같다는 심증이 가게 하는 부분이죠."

예소약과 태무상은 독고연지가 사건을 하나씩 풀어나가는 것도 그렇지만, 그녀의 목소리가 너무 아름다워서 기분이 맑아지는 느낌이 들었다.

"암살자들은 하나의 조직인 것 같아요. 원래 살수는 단독으로 행동을 하지 조직으로 움직이지 않아요. 그 말은, 누군

가 벽검궁주와 제천방주를 암살하라고 청부한 것이 아니라
암살자들의 우두머리가 자의(自意)에 의해서 살인을 자행하
는 것 같다는 뜻이에요.”

예소약과 태무상, 담성은 적잖이 놀라는 표정을 지었다. 독
고연지의 말은 반박의 여지가 없을 만큼 정확했다.

벽검궁주와 제천방주를 죽인 암살자들이 외부로부터 청부
를 받은 것이 아니라 그들이 속한 조직의 우두머리가 명령을
내렸을 것이라는 사실은 매우 중요한 단서다.

“또한 암살자들은 살수가 아닌 듯해요.”

“어째서 그렇게 생각하오?”

뜻밖의 말이라서 이번에는 담성이 불쑥 물었다.

묻기는 담성이 물었지만 독고연지는 태무상을 쳐다보면서
대답했다.

“제천방주의 시신을 직접 보지는 못했으나, 소방주의 말을
들어보니까 암살자의 살인 수법은 매우 고명한 듯해요.”

“고명이라고 했소?”

일개 살수의 살인 수법을 고명하다고 말하는 사람은 흔하
지 않기에 태무상은 조금 어이없다는 듯한 얼굴로 물었다.

“제천방주께선 목이 단칼에 잘렸는데도 피가 한 방울도 나
오지 않았다고 그랬죠?”

“그렇소.”

“그렇게 하려면 세 가지 수법을 사용해야 가능해요. 첫째,

극쾌검(極快劍)으로 절단하는 것. 둘째, 극음지공(極陰之功)을 발휘하여 절단을 하면서 상처 부위를 얼려 버리는 것. 셋째, 극양지공(極陽之功)으로 상처 부위를 순간적으로 태워 버리는 것이지요."

독고연지의 실로 명쾌한 설명에 세 사람은 감탄을 금하지 못했다.

그녀는 비단 추리력이 뛰어날 뿐만 아니라 풍부한 지식을 갖고 있는 것이 분명했다.

예소약과 태무상 등은 물론이고 장례에 참석했던 많은 사람들 중에서 그 누구도 독고연지처럼 명쾌하게 분석한 사람이 없었다.

독고연지의 말이 이어졌다.

"하지만 극음지공의 경우에는 암살자가 절정에 이른 극음지공을 터득하지 못했다면 시간이 지나면서 절단 부위를 얼린 것이 녹아서 피가 흐르게 되지요."

그녀가 당신 부친의 상처 부위는 어떠냐는 듯 바라보자 태무상이 곰곰이 생각하는 얼굴로 대답했다.

"선친의 상처 부위는 얼지도 타지도 않았소. 단지 거울의 면(面)처럼 매끄러울 뿐이었소."

독고연지는 가볍게 고개를 끄덕였다.

"그렇다면 제천방주를 암살한 자는 극쾌검을 구사했군요. 그 정도 경지에 이르려면 최소한 이 갑자 반에서 삼 갑자의 공력, 그리고 초일류 급 고수여야만 가능해요.”

‘초일류 급’이라면 절정고수 바로 아래 수준이다.

제천방주는 일 갑자 반을 약간 웃도는 백 년의 공력을 지니고 있었다. 그 정도로도 벽검궁주와 더불어 절강성의 패자로 군림했었다.

그런데 암살자가 이 갑자 반에서 삼 갑자, 즉 백오십 년에서 백팔십 년의 공력을 지녔다면, 제천방주와 일대일로 정정당당하게 싸웠어도 충분히 죽일 수 있었을 것이다.

예소약과 태무상, 담성은 아연실색한 표정을 짓고 있었다.

채 일 갑자도 되지 못하는 자신들의 공력에 비해서 암살자들의 공력은 서너 배나 더 높다니까 기가 질려 버린 것이다.

태무상은 마음이 불편해졌으나 독고연지의 논리가 워낙 면밀(綿密)하여 반박할 여지가 없었다.

독고연지는 예소약을 바라보며 충격적인 말을 했다.

“벽검궁주를 죽인 자는 죽이기 전에 벽검궁주에게서 공력을 흡수한 것 같아요.”

“공력을 흡수⋯⋯.”

예소약의 눈이 화등잔처럼 동그랗게 커졌다.

독고연지는 세 사람이 크게 놀라는 것을 보며 예의 고즈넉한 목소리로 말을 이었다.

“시신의 피부가 푸석푸석하고 갑자기 늙어 보이는 것이 그 증거예요. 강소성에서 암살당한 네 명 중에서도 그런 사람이

한 명 있었어요. 그 당시에 저는 그 근처에 있었기 때문에 직접 시신을 살펴봤는데 암살자에게 공력을 흡수당한 것이 틀림없었어요."

"아……."

"또 한 가지. 암살자는 벽검궁주의 단전에 장심을 대고 공력을 흡수한 직후에 그 상태에서 진기를 발출하여 벽검궁주의 복부를 터뜨렸어요. 그때 복부에서 뿜어진 피가 사방에 뿌려졌지요."

독고연지는 걸음을 옮겨 다시 침실로 향했고, 세 사람은 이끌리듯 그녀를 따라갔다.

독고연지는 침상 옆 한곳에 서서 설명했다.

"암살자는 이곳에 서 있었어요."

"그것을 어떻게 알죠?"

옆에 선 예소약의 물음에 독고연지는 뒤쪽 벽을 가리켰다.

"벽검궁주의 복부가 터지면서 피가 사방에 뿜어졌는데도 유독 저 부분에만 피가 없어요."

세 사람은 독고연지가 가리킨 벽을 보다가 적이 놀라는 표정을 지었다.

그곳 벽에는 피가 짙은 안개처럼 칠해져 있었는데, 사람의 형상을 한 부위만큼은 한 방울의 피도 없었다. 그것은 침상 옆에, 그러니까 지금 독고연지가 서 있는 곳에 암살자가 서 있었다는 단적인 증거였다.

세 사람은 침상과 독고연지와 벽을 번갈아 보고 나서 과연 그녀의 말이 옳다는 것을 깨달았다.

"하지만 암살자의 몸에는 피가 묻지 않았을 것 같아요."

독고연지의 말에 세 사람은 의아한 표정을 지었다.

암살자는 침상 바로 옆에 서 있었고, 피가 사방으로 뿜어졌는데 어떻게 한 방울의 피도 튀지 않았겠는가.

"어떻게 그럴 수가 있소?"

태무상이 의아한 얼굴로 물었다. 항의가 아니라 그런 방법이 무엇인지 알려달라는 표정이다.

이즈음의 세 사람은 독고연지의 말이 정확함과 치밀함에 근거한다는 사실을 인정하고 있었다.

"암살자는 호신막을 사용한 것 같아요."

"호신막……."

세 사람의 얼굴에 극도의 놀라움이 떠올랐다.

호신막이라는 것은 공력을 몸 밖으로 발출하여 단단하게 만들어서 일정한 거리를 유지하며 자신의 몸을 외부의 충격으로부터 보호하는 초상승의 수법이다.

사람들은 누구라도 자신의 몸이나 옷에 피가 묻는 것을 싫어한다.

특히 벽검궁주를 죽인 암살자의 경우 침상 바로 옆에 서 있었다면 뿜어지는 피로 목욕을 할 정도였을 것이다.

그렇게 될 것을 뻔히 알면서도 벽검궁주의 복부를 터뜨려서 피가 분수처럼 뿜어지게 하지는 않았을 것이라는 게 독고연지의 추측이다.

그러므로 암살자가 호신막으로 자신의 몸에 피가 튀지 않게 했다는 독고연지의 추리는 거의 정확하다고 볼 수 있었다.

호신막을 펼치려면 최소한 삼 갑자의 공력이 있어야 가능하다. 말 그대로 최소한 삼 갑자다. 그러므로 암살자는 그보다 훨씬 공력이 높을 것이다.

세 사람이 극도로 놀라고 있을 때 독고연지의 나볏한 목소리가 들려왔다.

"그리고 또 한 가지. 벽검궁주를 죽인 암살자는 매우 잔인한 심성의 소유자인 듯해요. 강소성에서 공력이 흡수당한 후 복부가 터져서 죽은 사람도 눈 뜨고는 볼 수 없을 정도로 참혹한 모습이었어요."

세 사람은 자신들이 막연하게 상상하고 있던 암살자보다 독고연지가 파헤쳐서 드러나게 한 암살자들이 훨씬 더 고강하고 잔인하다는 사실에 망연자실하고 말았다.

그 충격은 세 사람의 입과 머리를 얼어붙게 만들기에 부족함이 없었다.

"이제 잠정적인 결론을 내리자면, 강소성에서 벌어진 네 건의 암살 사건과 이곳 항주성에서의 두 건의 암살 사건은 같은 자들의 소행일 확률이 매우 높다는 것. 그리고 그들의 암살은 이것이 끝이 아니라 앞으로도 계속 진행될 것이라는 사실이에요.”

그것으로 독고연지는 긴 설명을 끝내고 입을 다물었다.

예소약, 태무상, 담성 세 사람은 아무도 입을 열지 않았다.

그저 머릿속이 텅 비고 가슴이 뻥 뚫린 곳으로 삭풍이 횡하니 몰아치는 것만을 느낄 뿐이었다.

하지만 독고연지는 이 자리에서 아직 말하지 않은 것들이 몇 가지가 더 있었다.

그것들을 말하면 세 사람은 지금보다 훨씬 더 많이 놀랄 것이다. 그리고 암담해질 것이다.

오랜 침묵이 흐른 후, 예소약이 아직도 충격이 가시지 않은 얼굴로 독고연지에게 물었다.

“이제… 우린 어떻게 하면 되나요?”

암살을 당한 벽검궁이나 제천방에서 밝혀내지 못했던 여러 가지 단서들을 독고연지가 명쾌하게 설명해 준 것으로도 모자라서 예소약은 그녀에게 도움까지 청하고 있다.

하지만 어쩌랴. 그녀로서는 청구멍을 낼 만한 사람이 독고연지뿐이다.

그녀는 강물에 떠내려가고 있으며 독고연지는 지푸라기를 갖고 있다. 선택의 여지가 없는 것이다.

예소약과 태무상, 담성은 기대 어린 표정으로 독고연지를 빤히 주시했다.

독고연지는 잠시 생각을 정리하고 나서 차분한 목소리로

대답했다.

"복수를 하고 싶다면, 그래서 암살자들을 추적하고 싶다면 다음에 벌어질 암살에 미리 대비하여 그물을 쳐두어야 할 거예요."

"그물이라는 것은……."

예소약은 그녀의 말을 조금도 알아듣지 못했다. 그녀뿐 아니라 태무상과 담성도 마찬가지다.

세 사람은 자신들이 너무도 우둔하다고 생각했다. 독고연지의 놀라운 총명함이 그들을 그렇게 느끼게 만들었다.

그래서 그들은 독고연지 앞에서 장님이 쟁반을 두드리고 손으로 촛불을 어루만져서 어림짐작하려는 구반문촉(毆槃燭)조차도 하지 못하는 상황이었다.

"아무리 암살자라고 해도 사람은 먹지 않고 또 잠을 자지 않고는 살 수가 없어요."

태무상이 무엇인가를 깨닫고 고개를 끄덕였다.

"주루와 객잔에 미리 손을 써두라는 말이군요?"

손가락을 데어서야 그것이 초라는 것을 겨우 알아차렸다.

"그래요."

주루와 객잔에는 하루에도 많은 사람들이 들락거리고, 타지 사람들이 절반 이상을 차지한다.

그들 중에서 무림인을 골라내는 것은 그다지 어려운 일이 아닐 터이다.

"그러나 암살자들이 그토록 고강하다면 의심이 가는 자가 발견되더라도 섣불리 나서서는 안 되겠군요."

태무상의 말에 독고연지는 고개를 끄덕였다.

"주루와 객잔을 살피는 한편 항주성과 절강성, 더 나아가서는 강소성의 방, 문파들과 연합을 해야 할 거예요."

그 말에 비로소 세 사람은 눈앞에 잔뜩 끼었던 짙은 안개가 조금 걷히는 것을 느꼈다.

독고연지는 며칠 전에 강소성 남경성에 머물고 있다가 그 근처에서 벌어진 네 건의 암살 사건을 접하게 되었다.

그녀가 단운비를 찾으려고 금검보를 떠난 지가 오래됐다고는 하지만 근본은 강남무림의 절대자인 금검보의 소보주라는 신분이다.

그러므로 강남무림에서 벌어진 큰 사건에 대해서 모른 체할 수가 없는 입장이다.

그래서 강소성에서 벌어진 네 건의 암살 사건에 관여하게 되었고, 결국 이곳까지 이른 것이다.

독고연지는 무슨 말인가를 하려다가 그만두었다. 예소약과 태무상에게 자신이 찾고 있는 단운비의 전신을 보이고 도움을 청하고 싶었으나 그럴 분위기가 아니었기 때문이다.

걸화불약취수(乞火不若取燧). 남에게 불을 빌리기보다는 자신의 부싯돌로 불을 피우는 것이 낫다는 생각이다.

그사이에 예소약과 태무상, 담성은 첫 단추를 어떻게 끼울 것인가에 대해서 상의하고 있었다.

그러던 중에 그들은 곧 벽에 부딪쳤다. 절강성은 벽검궁과 제천방의 세력권이라서 별문제가 없지만, 강소성에는 어떻게 손을 써야 할는지 난감하기 때문이었다.

더구나 천여 리나 멀리 떨어진 강소성의 주루와 객잔에 미리 손을 써두고 또 긴밀한 연락망을 형성하는 것은 생각만 해도 아득했다.

강소성의 방, 문파들과 공조를 하게 된 이후에 주루와 객잔에 손을 쓰면 너무 늦다.

결국 예소약과 태무상은 두 가지 방법을 생각해 냈다.

무림에서 가장 큰 정보망을 지닌 개방(丐幇)과 중원의 동해안 일대에서 개방보다 더 큰 영향력을 지니고 있는 창천해상단에게 도움을 청하는 것이다.

그날, 예소약과 태무상은 자신들이 살아온 생애에서 가장 똑똑한 여자를 만났다.

第三十八章
드러나는 실체(實體)

"지금 이 시간부터 본 단의 모든 활동을 중단하겠다."

창천해상단 단주 자중곤의 청천벽력 같은 말에 단운비는 가볍게 안색이 변했다.

"아버님! 그게 무슨 말씀이에요? 한창 잘나가고 있는 본 단의 활동을 갑자기 무엇 때문에 중지하는 것인가요?"

단운비보다 백 배는 더 크게 놀란 자미령이 쇳소리를 내며 캐물었다.

창천장에서 가장 규모가 큰 창천본전(蒼天本殿) 대전에는 창천해상단 이십여 명의 대상두와 총태두인 단운비, 소단주인 자미령, 그리고 단주 자중곤이 모두 모여 있었다.

자미령이 항의했으나 자중곤은 그녀를 거들떠보지도 않고 자신의 할 말만 이었다.

"총태두 이하 모든 대상두와 상두들에겐 충분한 포상금이 지급될 터이다. 그동안 모두들 수고했다."

단상의 태사의에 꼿꼿하게 앉아 있는 자중곤은 방금 전보다 더 청천벽력 같은 선언을 했다.

그의 말인즉, 창천해상단을 전격적으로 해체하고 총태두 이하 대상두와 상두, 그리고 모든 단원들을 당장 내쫓겠다는 것이다.

자미령은 자리에서 벌떡 일어나며 소리쳤다.

"아버님! 그건 말도 안 돼요!"

그녀의 그런 행동은 평소 같으면 어림도 없었으나 지금은 너무 황당해서 예의고 뭐고 아무것도 생각나지 않았다.

이십여 명의 대상두는 넓은 대전의 양쪽에 등을 지고 열 명씩 서로 마주 보는 자세로 앉았으며, 오른쪽 선두에는 단운비가, 왼쪽 선두에는 자미령이 앉아 있었다.

단운비는 자중곤의 난데없는 선언에 잠깐 놀랐을 뿐 곧 평소의 평정심을 되찾았다.

지옥 끝까지 다녀온 그를 놀라게 할 일은 세상에서 한소진에 대한 것뿐이었다.

그는 담담한 표정으로 자중곤을 응시하고 있었다.

단운비의 얼굴만 보면 속으로 무슨 생각을 하고 있는지 아무도 알아차릴 수 없을 것이다. 그만큼 그는 내심을 겉으로 드러내지 않는다.

그는 지난번 항해에서 돌아와 줄곧 밖으로만 나돌다가 오늘 닷새 만에야 자중곤을 다시 보았다.

평소의 자중곤은 단운비에게 언제나 미소 짓는 얼굴을 잃지 않고 더없이 자상하고 친절했었는데 오늘은 전혀 그렇지가 않았다.

처음에 단운비가 인사를 했을 때에도 한마디 말없이 인사를 받는 둥 마는 둥 했었다.

그리고는 곧바로 모두 대전에 모이게 한 후 날벼락 같은 선포를 해버린 것이다.

자중곤이 첫 번째 선포를 하고 난 직후 단운비는 뭔가 이상하다는 느낌을 받았다.

자중곤이 인사를 건성으로 받았을 때에는 그러려니 했지만 뒤이은 날벼락선언만큼은 그냥 넘어갈 수가 없었다.

그래서 자중곤을 뚫어지게 주시한 단운비는 그 즉시 뭔가 잘못됐는지 알아냈다.

그와 자중곤의 거리는 이 장 반 정도 되지만, 그의 눈에는 자중곤의 얼굴이 코앞에서 보는 것보다 몇 배 이상 확대되어 자세하게 보였다.

'단주가 아니다.'

단운비는 자중곤을 한 번 자세히 보는 것만으로 그가 가짜라는 사실을 간파했다.

지금 태사의에 떡하니 앉아서 창천해상단의 해체를 선포하고 있는 자는 자중곤이 아닌 것이다.

단운비는 조금 더 자세히 자중곤의 얼굴을 주시하다가 또 한 가지 사실을 알아냈다.

'인피면구(人皮面具)가 아니다.'

인피면구를 만들려면 당사자의 얼굴 가죽을 벗겨내서 손질을 해야만 한다.

그런데 가짜 자중곤의 얼굴은 인피면구가 아니다. 그렇다면 약품 등으로 변장을 한 역용(易容)이라는 뜻이다.

단운비가 항해에서 돌아와서 닷새 전에 만났던 자중곤은 진짜였었다.

그렇다면 지금 태사의에 앉아 있는 가짜가 진짜 자중곤의 인피면구를 쓰고 있을 수는 없다.

인피를 벗겨서 사용을 하려면 응달에 말리면서 무두질 따위의 손질을 하고 약품 처리를 하면, 아무리 빨라도 최소한 보름은 걸려야 하기 때문이다.

자중곤의 인피를 벗기지 않았다면 아직 그는 살아 있을 가능성이 높다.

'대체 누가 무엇 때문에……'

아무리 곰곰이 생각해 봐도 누가 이런 짓을 하는 것인지 짚이는 바가 없었다.

단운비가 속으로 이 궁리 저 궁리 하고 있을 때 가짜 자중곤이 그를 쳐다보았다.

단운비는 슬쩍 외면을 하면서 자미령을 쳐다보다가 그녀와 눈이 마주쳤다.

"운비 오빠, 왜 가만히 계시는 거예요? 아버님께 뭐라고 말 좀 해보세요."

이때다 싶었는지 자미령은 답답해서 속이 터진다는 듯 단운비를 닦달했다.

단운비는 씁쓸하게 중얼거렸다.

"창천해상단은 단주의 소유물이니 단주께서 명령하시면 따를 수밖에 없소."

그 목소리는 작았으나 실내가 워낙 조용해서 모든 사람들이 들을 수 있었다.

자미령은 단운비가 설마 그렇게 말할 줄은 몰랐기에 기가 막히다는 표정을 지었다.

"운비 오빠까지 왜 그래요?"

단운비는 자중곤의 입꼬리가 미미하게 씰룩이는 것을 발견했다. 역용을 하지 않았으면 명백하게 드러날 미소다.

"나는 단주를 거역할 수 없소."

단운비는 자미령에게 못을 박듯이 말하고는 그녀에게서 시선을 거두었다.

자미령의 얼굴이 해쓱하게 변했다. 유일하게 믿고 있는 단운비마저 모른 체하자 하늘이 무너지는 것만 같았다.

그때 자중곤의 마지막 명령이 나직하게 대전을 울렸다.

"총태두 이하 전원은 앞으로 사흘 안에 창천해상단을 떠나도록 하라. 이상이다."

단운비의 시선이 자중곤의 뒤쪽에 나란히 서 있는 두 명을 빠르게 훑었다.

팔짱을 낀 채 장승처럼 우뚝 서 있는 두 명은 삼십대 중반의 나이이며, 창천해상단 중호위장의 복장을 하고 어깨에는 검을 메고 있는 모습이었다.

단운비는 창천해상단의 총태두 겸 창천 호위대장이다. 그의 휘하에는 삼십 명의 중호위장이 있는데, 지금 자중곤 뒤에 서 있는 자들은 처음 보는 얼굴이었다. 그가 모르는 중호위장이 있을 리가 없다.

가짜 자중곤의 말이 끝났으나 자리를 뜨는 사람은커녕 일어서는 사람조차 없었다. 모두들 어리둥절하거나 넋이 나간 표정을 짓고 있을 뿐이다.

그러다가 단운비가 일어서자 자미령이 즉시 그 뒤를 따랐고, 대상두들도 주섬주섬 일어나 줄레줄레 뒤를 따라 대전을 나섰다.

대전을 나서자마자 자미령과 대상두들은 단운비를 에워싼 채 어떻게 하면 좋으냐고 아우성을 쳤으나 그는 사람들을 뿌리치고 자신의 거처로 묵묵히 걸어갔다.

　그가 자신의 방에 돌아와서 제일 먼저 한 일은, 청산에게 가짜 자중곤을 감시하라는 명령을 내린 것이었다.

　단운비는 창천장에서 하룻밤을 보내고 다음날 아침 일찍 풍우문으로 거처를 옮겼다.
　어제 자중곤의 폭탄선언 이후에도 자신의 방에 가지 않고 줄곧 단운비 곁에 그림자처럼 붙어 있던 자미령도 풍우문으로 따라왔다.
　자미령은 둘째치고라도 대상두들과 중호위장, 하물며 상두들까지 밤새도록 줄기차게 그를 찾아와서 창천해상단의 해체에 대해서 하소연을 하고 성토를 하는 바람에 그로서는 배겨낼 재간이 없었다.
　창천장에서 그들에게 붙잡혀 있다가는 가짜 자중곤이 준 사흘의 말미를 앉아서 고스란히 까먹을 것 같았다.
　물론 사흘이 지난다고 해도 단운비가 가짜 자중곤에게 창천해상단을 고스란히 맡기고 순순히 물러날 리가 없다.
　단운비가 첫 번째로 해야 할 일은 진짜 자중곤의 생사를 확인하는 것이다.
　그러기도 전에 가짜 자중곤을 섣불리 제압하거나 서툰 짓을 했다가는 진짜 자중곤의 신변에 무슨 일이 생길지 알 수가 없다. 풀을 건드려서 뱀을 놀라게 하는 짓은 악수 중의 악수다.

두 번째 할 일은 가짜 자중곤의 배후에 누가 있는지를 알아
내는 것이고, 세 번째는 그들의 목적이 무엇인지를 밝혀내는
것이다.

단운비가 하룻밤 동안 창천장에 머물면서 살펴본 바에 의
하면 그와 자미령을 감시하는 수상한 자는 없었다.

가짜 자중곤 일당은 창천해상단을 가로채려는 술수를 부
릴 줄만 알았지, 단운비가 웅크리고 있는 잠룡(潛龍)이라는
사실까지는 알아차리지 못했다.

그것이 그들이 저지른 중대한 실책이었다.

단운비는 풍우문 자신의 방에 자미령과 단둘이 있게 되자
비로소 가짜 자중곤에 대해서 그녀에게 설명해 주었다.

처음에 그녀는 부친이 가짜라는 말에 대경실색했으나, 설
명을 듣는 동안 표정이 여러 차례 수시로 변하다가 마지막에
는 단운비의 무릎에 엎드려서 얼굴을 묻으며 펑펑 눈물을 흘
렸다.

"운비 오빠, 아버지께선 무사하시겠지요? 어서 아버지를
찾아주세요. 네?"

부친이 난데없이 창천해상단을 해체하겠다고 청천벽력 같
은 말을 했을 때에는 더없이 원망스러웠었다.

그런데 그가 가짜라는 사실을 알고는, 창천해상단 해체가
부친의 뜻이 아니라는 사실에 대해서 안심을 할 새도 없이 걱

정부터 앞서는 그녀였다.

그녀는 단운비를 하늘이라 여기기 때문에 그가 하지 못하는 일은 없다고 믿는다.

그러므로 그에게 매달리기만 하면 무엇이든지 이루어진다고 생각한다.

단운비는 자신의 무릎에 엎드려 울고 있는 자미령의 머리를 부드럽게 쓰다듬으며 위로했다.

"청산이 알아보러 갔으니까 너무 염려하지 마시오."

자미령에게는 피붙이라곤 부친 한 사람뿐이다. 그를 잃으면 천애고아가 되고 만다.

사실 그녀는 부친보다 단운비를 훨씬 더 좋아하고 따르지만, 두 사람 다 그녀에겐 소중한 존재들이다.

단운비의 말에 그제야 자미령은 울기를 멈추고 부스스 얼굴을 들고 단운비를 올려다보았다.

그녀의 얼굴은 눈물범벅인데 두 눈과 입은 배시시 미소를 머금고 있었다.

"헤에… 고마워요, 운비 오빠."

그녀는 마치 단운비가 이미 부친을 구하기라도 한 것처럼 마음이 놓였다. 바로 그것이 그녀가 단운비에게 갖는 굳은 믿음이다.

"주군, 청산입니다."

그때 방문 밖에서 청산의 조용한 목소리가 들렸다.

“들어오너라.”

청산은 조금 전에 도착했으나 단운비가 자미령에게 부친에 대해서 설명하는 중이라서 기다리고 있었다.

청산은 추호도 기척을 내지 않고 있었으나 단운비는 그가 도착한 것을 이미 간파하고 있었다.

“어찌 되었느냐?”

가짜 자중곤을 감시하라고 명령한 청산이 여기에 왔다는 것은 보고할 일이 있다는 뜻이었다.

자미령은 바닥에 무릎을 꿇고 단운비의 무릎에 두 손을 얹은 채 잔뜩 기대 어린 표정으로 청산을 바라보았다.

청산은 공손히 예를 취하고 나서 예의 굵고 낮은 목소리로 입을 열었다.

“단주가 감금되어 있는 장소를 알아냈습니다. 그는 아직 살아 있습니다.”

“아아…….”

자미령은 그럴 줄 알았다는 듯 두 손을 깍지 껴서 가슴에 모으고 나직한 탄성을 흘렸다.

청산의 보고가 이어졌다.

“그런데 그 장소에 가짜 단주에게 명령을 내리는 또 다른 자가 있었습니다.”

“그자가 배후인 것 같더냐?”

“그것까지는 모르겠습니다.”

알아내야 할 세 가지 중 첫 번째, 즉 자중곤이 살아 있으며, 감금되어 있는 장소를 알아냈다.

가짜 자중곤의 배후에 대해서는 절반만 알아냈고, 목적에 대해서는 아직 모른다.

하지만 단운비는 지금이 자신이 행동해야 할 때라고 판단했다.

기회를 놓치면 자중곤이 변을 당할 수도 있고, 가짜 자중곤의 배후와 목적은 직접 부딪쳐서 알아내야겠다는 것이 그의 생각이다.

"가자."

단운비는 자미령을 가만히 밀어내고 일어나 문으로 성큼성큼 걸어갔다.

"저도 같이 갈 거예요!"

그러자 청산보다 더 빨리 자미령이 달려와 단운비의 옷자락을 붙잡고 늘어졌다.

단운비는 청산을 쳐다보았다.

자미령 뒤에 서 있는 청산은 가볍게 고개를 끄덕였다.

자중곤이 감금되어 있는 장소에 있는 자들이 그리 고강한 것 같지 않으므로 데리고 가도 무방하다는 뜻이었다.

청산은 서호에서 동남쪽으로 향하다가 전당강에 이르자 그곳에서부터 경공의 속도를 높여 내달리기 시작했다.

여태까지는 관도에 드문드문 오가는 행인들이 있어서 걷 듯이 달렸기 때문에 많이 지체했다고 여긴 것이다.

청산이 앞서고 그 뒤를 단운비가, 마지막에 자미령이 일렬로 강둑 위를 달렸다.

세 사람은 모두 똑같이 흑의경장으로 갈아입은 모습이다. 잠입과 위장에 흑의보다 더 좋은 옷차림은 없다.

달리기 시작한 지 세 호흡도 지나기 전에 자미령은 뒤로 이십여 장이나 처졌다.

단운비는 청산의 속도에 맞춰서 달리다가 속도를 늦췄다.

그는 전력으로 달려오고 있는 자미령에게 손을 내밀었다.

"안기시오."

자미령은 벌써 이마와 콧등에 송알송알 땀방울이 맺힌 얼굴로 기다렸다는 듯이 단운비의 팔에 자신의 가느다란 허리를 내맡겼다.

단운비가 달리기 시작하자 준마가 전속력으로 달리는 것보다 서너 배는 더 빨라서 자미령은 화들짝 놀라 급히 두 팔로 그의 목을 끌어안았다.

그런데도 허공에 뜬 하체가 뒤쪽으로 비스듬히 눕혀져서 끌려가는 자세가 되자 그녀는 두 다리로 그의 허리를 감는가 싶더니 아예 등에 업혀 버렸다.

지난 이 년여 동안 그녀는 단운비와 무수히 신체 접촉을 했었으나 등에 업히기는 처음이었다.

단운비가 워낙 키가 크고 후리후리해서 마른 듯한 체구지만, 사실은 어깨가 넓고 허리가 잘록하며 상체가 잘 발달돼서 매우 넓고 탄탄했다.

자미령은 그의 단단한 어깨에 뺨을 대고 목을 끌어안았던 두 팔을 풀어서 그의 겨드랑이 아래로 넣어 가슴을 꼭 끌어안으며 사르르 눈을 감았다.

그녀의 그런 모습은 마치 어린 여동생이 어른이 된 큰오빠 등에 업힌 것처럼 보였다.

자미령은 온몸으로 단운비를 느끼면서 더없이 행복함을 만끽했다.

어북하면 지금 자신이 부친을 구하러 간다는 사실조차도 망각할 정도였다.

'너무 좋아……'

그녀는 꿈결처럼 몽롱해지는 기분을 그대로 놔두었다.

'나중에 운비 오빠하고 혼인하면 매일 업어달라고 해야지.'

그녀는 단운비가 자신과 혼인하게 될 것이라는 사실을 믿어 의심하지 않았다.

'여긴?

단운비는 눈앞에 펼쳐져 있는 거대한 대장원을 보며 안색이 가볍게 변했다.

　대장원은 전당강 강가에 위치해 있었고, 모든 건물들이 탑처럼 뾰족했다. 항주성 인근에서 이런 모습의 방파는 단 한 군데뿐이다.

　'제천방.'

　그렇다. 지금 단운비 앞에 있는 웅장한 대장원은 항주성의 양대 패자 중 하나인 제천방인 것이다.

　그가 옆에 서 있는 청산을 쳐다보자 그는 가볍게 고개를 끄덕였다. 가짜 자중곤의 배후와 진짜 자중곤이 이곳에 있다는 뜻이었다.

　그들이 있는 강둑에서는 제천방의 옆쪽이 한눈에 보인다.

　제천방의 앞 전문은 항주성으로 뻗은 관도를 향해 있고, 뒷문은 전당강과 연결된 포구다. 물론 옆문은 없다.

　"아버지께서 제천방에 갇혀 계신 건가요?"

　그때 자미령이 고개를 배시시 들고 대장원을 보더니 의아한 듯 물었다.

　툭툭.

　[이제부터는 전음으로 얘기하시오.]

　단운비는 업고 있는 자미령의 궁둥이를 가볍게 두드리며 전음으로 일러주었다.

　[네, 운비 오빠.]

　궁둥이를 두드리자 더없이 얌전해진 자미령은 갓 혼인한 새색시 같은 목소리로 대답했다.

　단운비는 강의 상류 쪽을 쳐다보았다. 붉은 태양이 상류 쪽의 산과 강을 온통 붉게 물들이며 세상을 불태우고 있는 듯한 광경이었다.

　석양 빛이 세 사람을 물들였다.

　'창천해상단을 가로채려는 것이 제천방이란 말인가?

　단운비는 다시 제천방을 쳐다보았다.

　'아닐 것이다. 제천방주는 엿새 전에 독천에게 암살당하지 않았는가?

　짧은 시간에 수많은 생각들이 머릿속에서 명멸했으나 그 어느 것도 지금의 상황을 명쾌하게 정리해 주진 못했다.

　[놈들은 제천방주의 거처에 있습니다.]

　청산이 그렇게 넌지시 전음을 보냈으나 머릿속만 더 어지러워질 뿐이다.

　결국 제천방에 직접 들어가서 알아내는 수밖에 없었다.

　단운비는 날이 어두워지기를 기다렸다.

　제천방 내에서 가장 큰 건물은 한복판에 우뚝 위치해 있는 십오 층 높이 탑 모양의 거대한 고루(高樓)인 제천루(制天樓)다.

　슝―

　방금 단운비와 청산이 올라선 제천방 옆쪽 담 위에서 제천루까지의 거리는 무려 백오십여 장에 달한다.

[저깁니다.]

사앗―

청산이 제천루를 가리키는 순간 단운비는 마치 한줄기 미풍에 낙엽이 둥실 떠오르듯이 담 위를 떠나 허공으로 솟아올랐다.

"……."

청산은 움찔 놀랐다. 그는 제천루를 가리킨 후에 담 아래로 뛰어내려 최대한 은폐물을 이용하면서 그곳으로 접근할 생각이었다.

그런데 단운비는 비단 담 아래로 뛰어내리지 않았을 뿐 아니라 허공으로 솟아올라 버린 것이다.

허공으로 도약을 하기 위해서는 어떤 동작으로든 바닥을 힘껏 박차야 하는데, 단운비는 그냥 담 위에서 서 있다가 떠올랐다.

그것은 담 위에 얹혀 있던 낙엽 하나가 바람에 떠오른 듯한 모습이었다.

더구나 조금도 빠르지 않게 단지 떠오르기만 한 것이다.

"……!"

그때 청산은 눈을 휘둥그렇게 뜨고 말았다. 단운비가 밤하늘을 일직선으로 비스듬히 곧장 날아가고 있었기 때문이다. 그는 점점 더 높게 그리고 멀리 날아가고 있었다.

담 위로 떠오른 후 한 호흡이 지나기도 전에 단운비는 담에서 이십여 장 거리의 허공을 훌훌 날아가고 있었다.

'어풍비행(馭風飛行)이라니……'

여전히 담 위에 서 있는 청산은 단운비를 뒤따라야 한다는 사실도 잊은 채 넋을 잃은 얼굴로 그를 쳐다보며 내심 중얼거렸다.

지금 단운비가 전개하고 있는 것은 경공으로서는 더 이상 오를 데가 없는 최상승 수법이다.

아니, 경공의 개념이라는 것은 체내의 공력을 두 다리로 발출하여 달리면서 한차례 지면을 박찰 때마다 빠르고도 멀리 도약하는 방법이다. 말하자면 달리기에 공력을 가미한 것이 경공이다.

그런데 어풍비행은 '어풍(馭風)'이라는 말 그대로 바람을 부리는 것이다.

마부가 말을 부리듯이, 바람을 부려서 그 위에 깃털처럼 가볍게 만든 몸을 싣고 어디든 날아가는 수법이다.

바람이 없는, 즉 무풍(無風)인 경우에는 어풍비행을 할 수가 없다.

그 대신 스스로의 진기로 같은 효과를 발휘하는 어기비행(馭氣飛行)을 전개할 수 있다.

어풍비행을 펼칠 줄 안다면 어기비행은 당연히 펼칠 수 있을 것이다. 두 수법의 기본 원리는 같기 때문이다.

청산은 단운비의 무위가 어느 정도인지 정확하게 모른다.

궁금하지만 물을 엄두가 나지 않았고, 단운비도 구태여 자신의 무공에 대해서 설명하지 않는다.

그렇기 때문에 단운비가 지금처럼 신기를 보일 때마다 경악을 금치 못하는 것이다.

'도대체 주군의 무위는 어느 정도란 말인가…….'

그러다가 청산은 퍼뜩 정신을 차렸다. 단운비의 모습은 까마득하게 멀어지고 있는데 자신은 아직도 담 위에서 얼쩡거리고 있었기 때문이다.

'이런…….'

그는 담 아래로 내려갈까 생각하다가 생각을 고쳐먹고 두 발로 힘껏 담을 박차는 것과 동시에 밤하늘로 신형을 한껏 뽑아 올렸다.

담에서 가장 가까운 곳에 있는 전각 지붕의 거리가 십오륙 장에 달했다.

그는 그 거리를 직선으로 날아갈 자신이 없어서 최대한 허공으로 높이 솟구쳤다가 하강하면서 맞은편 전각 지붕에 내려설 생각이었다.

힐끗 쳐다보니 단운비는 어느새 목표로 삼고 있는 제천루의 십오 층 꼭대기 위쪽 허공에서 내려서고 있었다.

스으으.

단운비는 추호도 힘을 들이지 않고 백오십여 장을 날아와서 제천루 꼭대기 지붕 위에 한 조각의 깃털처럼 하강하고 있었다.

청산은 십오륙 장을 직선으로 날지 못해서 전전긍긍하는데 그는 그 열 배인 백오십여 장을 단번에 날아온 것이다.

하기야 어풍비행이나 어기비행은 거리에 구애받지 않는다. 한 움큼의 바람이나 진기만 갖고도 수십 리 수백 리를 훨훨 날아다니기 때문이다.

오래전에 무림에서 어풍비행이나 어기비행을 전개하는 사람이 간혹 있었는데, 그것을 볼 때마다 사람들은 신선이 강림했다고 난리법석을 피웠었다.

자미령은 단운비의 어깨에 얼굴을 묻고 있지 않았다. 그가 담 위에서 떠올라 이곳까지 훌훌 날아오는 동안 그녀는 경악에 경악을 더한 표정을 지을 수밖에 없었다.

그녀는 마치 꿈을 꾸는 것만 같았다. 세상의 모든 것이 그녀의 발아래에 펼쳐져 있었다.

저 멀리 담 위에 우두커니 서 있는 청산의 모습이 순식간에 작은 점으로 멀어지고 있었다.

그녀는 이대로 훨훨 밤하늘 높이 솟아올라 달까지 도달하고 싶었다.

단운비가 제천루 꼭대기 지붕에 일말의 기척도 없이 내려선 후에도 자미령은 정신을 차리지 못했다.

그녀는 단운비가 예전에 무공을 펼치는 것을 몇 차례 본 적이 있었다.

바다에서 이따금 해적이나 왜구를 만났을 때 그들을 물리치던 광경이었다.

그 당시에 단운비는 놀라운 무공으로 해적과 왜구를 제압해서 해룡신이라는 별호를 얻었다.

그런데 자미령이 그 당시에 본 광경과 오늘 실제로 겪은 일은 하늘과 땅 차이가 난다.

그 당시에도 자미령은 단운비를 신처럼 여겼었는데, 하물며 지금은 더 이상 말을 해서 무엇 하겠는가.

자미령이 눈을 동그랗게 뜨고 있을 때, 단운비는 지붕 끝에 꼿꼿하게 서 있다가 스르르 아래로 하강하면서 왼쪽으로 물이 흐르듯이 이동했다.

그는 지붕에 아주 잠깐 서 있는 사이에 어디선가 들려오는 자중곤의 한숨 소리를 듣고 그가 어디에 있는지 족집게처럼 알아냈다.

이윽고 그는 십층의 어느 창 앞 허공중에 멈추어 섰다.

그러자 그의 앞에 있는 하나의 창문이 마치 안에서 누가 열어주는 것처럼 살며시 열렸다.

이어서 단운비는 자미령을 업은 채 엎드린 자세로 창 안으로 스며들어 갔다.

실내에는 한 사람이 탁자 앞 의자에 힘없이 앉아서 고개를 푹 숙이고 있었다.

황의장삼을 입었고 상투를 틀었으며 중키에 적당한 체구를 지녔는데, 한눈에도 창천해상단주 자중곤임을 알아볼 수 있었다. 머리카락은 부스스했고, 옷은 구겨진 모습이었다.

그리고 탁자에는 식은 요리와 술이 차려져 있었는데, 손도 대지 않은 상태였다.

스으.

단운비는 자중곤 옆에 기척없이 내려섰다.

그런데도 그는 꼼짝도 하지 않았다.

"아버지!"

그런데 자중곤을 발견한 자미령이 말릴 새도 없이 뾰족하게 소리쳤다.

그녀는 이미 불러놓고는 아차 하는 표정을 지으며 손으로 입을 가렸다.

자중곤이 움찔하며 급히 고개를 들었다.

"아……."

그는 눈앞에 우뚝 서 있는 단운비를 발견하고 크게 놀라 벌떡 일어서며 외쳤다.

"운비!"

딸이나 아버지나 때와 장소를 가리지 않고 소리를 지르는 것은 똑같았다.

몹시 놀란 표정의 자중곤은 단운비와 그의 등에 업혀 있는 자미령을 번갈아 쳐다보다가 얼굴이 환하게 밝아졌다.

"오오… 자네가 나를 구하러 올 줄은 몰랐네."

그 말인즉, 단운비가 자중곤을 구하려고 전력은 다하겠지만 이곳에 감금되어 있는 줄 알아내지 못했을 것이라는 뜻이다.

"아버지, 쉿!"

그때 자미령이 바닥으로 사뿐히 뛰어내려 급히 부친에게 다가가며 손가락으로 조용히 하라는 시늉을 해 보였다.

[이곳에서 꼼짝 말고 단주와 함께 있으시오.]

단운비는 자미령에게 전음을 남기고 즉시 방문 쪽으로 한 걸음 내디뎠다.

자미령은 아쉬운 표정을 지었으나 단운비를 따라가지는 않았다. 이곳에 부친 혼자 남겨둘 수는 없는 일이다.

우직! 스으.

단운비는 방문 쪽으로 단지 한 걸음만 내디뎠을 뿐이거늘 어느새 방문 앞에 서 있었다.

그뿐인가. 손도 대지 않았는데 방문 밖에서 자물쇠 부서지는 소리가 들리더니 곧 스르르 열렸다.

그가 무형지기를 발출하여 방문을 투과시켜서 자물쇠를 부순 것임은 두말할 나위가 없다.

자미령 부녀는 귀신에 홀린 듯한 얼굴로 단운비가 방 밖으로 나가는 것을 바라보았다.

방 밖은 폭 십여 장의 둥근 형태의 낭하가 이어져 있었고,

가운데는 일층 바닥에서 십오층 천장까지 통째로 뻥 뚫린 상태며, 그 바깥쪽으로 계단이 나선형으로 빙글빙글 원을 그리며 나 있었다.

그리고 낭하 안쪽에는 여러 개의 방들이 있고, 계단참 옆에는 제법 넓은 공간이 있었다.

왈칵!

단운비가 방 밖으로 나갔을 때, 방금 그가 나온 방의 옆방과 그 옆방의 문이 열리면서 열 명의 홍의경장인들이 한꺼번에 쏟아져 나와 곧장 그를 향해 달려왔다.

차차창!

그들은 단운비가 누군지 알아보려고도 하지 않고 불문곡직 검을 뽑는 즉시 공격을 해왔다.

하긴, 자중곤이 갇혀 있는 방에서 말소리가 흘러나오고 방문에서 자물쇠 부서지는 소리가 난 직후에 흑의를 입은 낯선 자가 낭하에서 걸어오는 모습을 봤다면, 구태여 그가 누군지 물어야 할 상황은 아닐 것이다.

쐐애액!

쉬이익!

열 명의 홍의고수는 신속하게 상하좌우로 쫙 펼쳐져서 일말의 흐트러짐도 없이 공격해 왔다.

원래 어떤 싸움에서도 상대가 한 명뿐이면 수가 많은 쪽에서도 한두 명, 많아야 서너 명만 나서서 공격하는 것이 보통이다.

그런데 이들은 단운비가 강적인지 약적인지 알아보기도 전에 열 명 전원이 공격을 해왔다.

그러는 것은 오직 한 가지 경우에만 가능하다. 이들이 강호에서 활약하기보다는 조직의 임무에 더 충실하다는 뜻이다. 즉, 강호 도의보다는 임무가 우선인 것이다.

그런데 열 명 각자가 일류고수의 수준이다. 더구나 합공이므로 그 위력이 대단했다.

그러나 단운비는 다른 것 때문에 눈에서 번쩍 안광이 거세게 뿜어졌다.

'독천!'

그렇다. 지금 그를 공격하고 있는 열 명의 홍의고수가 전개하는 수법은 삼천존의 독천에 있던 용전과 호전 휘하 열 개 당의 고수들이 사용했던 수법과 흡사했다. 그러고 보니 복장마저도 비슷했다.

단운비는 결코 잘못 보지 않았다. 독천에 한소진을 구하러 잠입했다가, 또 구해서 나오는 과정에서 얼마나 치열하게 싸웠으며 죽음의 고비들을 넘겼던가.

그때 싸웠던 용전 휘하 혈룡, 흑룡, 청룡, 황룡, 백룡 다섯 오룡검수들을 어찌 잊을 수 있겠는가.

'이놈들!'

순간 단운비의 가슴속에서 걷잡을 수 없는 분노가 화산처럼 솟구쳤다.

낭하는 폭 일 장, 높이 일 장 반으로 그리 좁지 않았다. 그런데 열 명의 홍의고수가 공격해 오자 낭하가 꽉 찼다.

스읏—

단운비는 홍의고수들이 파도처럼 공격해 오는 데에도 피하지 않고 오히려 앞으로 한 걸음 내딛어 구름을 타고 미끄러지듯이 전진했다.

열 명의 홍의고수는 좌우로 쫙 벌어지면서 단운비를 그대로 통과시켜 한복판으로 끌어들이는가 싶더니, 순간 일제히 공격을 퍼부었다. 많이 싸워본 능숙한 움직임이었다.

쒜애액!

콰아아!

열 자루 검이 소나기처럼 단운비의 온몸으로 쏟아져 내리는데, 아차 하는 순간에 온몸이 난도질될 상황이었다.

그러나 단운비는 아예 보지 못한 듯이 적진 한복판에 우뚝 정지했다.

열 자루의 검이 그의 온몸에 닿기 직전.

스스스스.

갑자기 그에게서 여러 개의 손이 사방으로 뿜어져 나갔다.

그는 자신에게 쏟아지는 검들을 피하지도 않고 우뚝 서 있었는데, 흐릿한 그림자 같은 손들이 장(掌)과 권(拳), 수(手)가 되어 빛처럼 빠르게 뿜어진 것이다.

실제의 손은 가만히 있고 단지 기로써 발출하는 기수공(氣
手功)이었다.

또한 그것은 초식이 없다. 그가 익힌 대라십팔산수와 적하
산수의 장점만을 취합해서 전개하는 것이다.

구태여 적의 검을 피할 필요도 없다. 적의 공격보다 더 빠
르게 공격을 하면 된다.

타타타타탁!

"끅!"

"캑!"

"컥!"

아홉 차례의 격타음과 아홉 마디의 답답한 신음 소리가 동
시에 터져 나왔다.

실로 찰나지간에 벌어진 일이다. 아홉 명의 홍의고수가 하
나같이 급소에 일격씩을 가격당해 즉사해 버렸다.

그리고 마지막 열 번째 홍의고수는 공격하던 자세 그대로
뻣뻣하게 굳어버렸다.

단운비는 홍의고수들을 보자 솟구치는 살심을 억제하지
못하고 순식간에 살수를 펼치다가 정신을 퍼뜩 차렸을 때에
는 마지막 한 명밖에 남지 않았다.

그래서 죽이지 않고 혈도를 제압한 것이다. 그자를 심문하
여 무언가 알아내려는 의도였다.

쿠쿠쿠쿵!

아홉 명이 한꺼번에 앞 다투어 우르르 쓰러졌다.

그때 낭하의 끝 창이 열리면서 밖에서 청산이 스며들었다.

그는 뒤늦게 정신을 차리고 전력으로 달려왔으나 이제야 도착한 것이다.

그는 쏜살같이 다가와서 쓰러지려는 마지막 열 번째 홍의고수를 붙잡았다.

[죄송합니다.]

그는 붙잡은 자를 벽에 기대어 앉히면서 죄송스러워 어쩔 줄 몰라 하는 표정을 지었다.

그러나 청산은 단운비의 대답을 듣지 못했다. 그는 다른 곳을 보고 있었다.

청산이 단운비의 시선을 따라 재빨리 고개를 돌리자 계단 쪽의 어느 방에서 한 명의 홍의단삼인이 천천히 걸어나오고 있는 모습이 보였다.

第三十九章

출현 대천회(大天會)

청산은 홍의단삼인을 처음 보지만 단운비는 그자의 복장
이 눈에 익었다.

바로 독천에서 용전 휘하의 당주 급이 입는 옷차림이었다.
그자는 홍의고수들의 우두머리가 분명했다.

우두머리는 죽어 있는 홍의고수들을 힐끗 보고서 안색이
가볍게 변했다.

그러나 단지 그뿐, 곧 원래의 표정을 되찾았다. 그리고는
규칙적인 걸음으로 단운비를 향해 걸어왔다.

그만큼 자신의 실력에 대해서 자신감이 있고 경험이 풍부
하다는 뜻이었다.

단운비는 꼿꼿하게 서서 두 발을 편 자세로 우두머리를 향해 미끄러져 가면서 제압되어 벽에 기대어 앉혀져 있던 홍의고수의 곁을 스쳐 지나갔다.

픽!

순간 홍의고수의 머리통이 산산조각 부서지며 피와 뇌수가 확 뿌려졌다.

하지만 단운비에겐 피와 뇌수가 한 방울도 묻지 않고 도로 튕겨졌다. 호신막 때문이다.

단운비는 당주 급인 홍의단삼인이 나타났으니 그를 제압해서 심문하면 된다고 생각했다. 그러므로 홍의고수는 필요가 없어서 죽인 것이다.

평소 공명정대하고 자비심 많은 그의 이런 행동은, 그가 독천에 대해서 얼마나 한을 품고 있는지 잘 보여주는 것이었다.

홍의단삼인, 즉 우두머리는 자신의 눈앞에서 수하가 죽는 광경을 보고서야 안색이 흠칫 변했다.

단운비는 홍의고수에게 전혀 손을 쓰지 않고 그저 스쳐 지나가기만 했다.

그런데 옆에 앉아 있던 홍의고수의 머리통이 박살 났다는 것은 단운비의 몸에서 공력이 뿜어졌다는 뜻이다.

공력을 두 손이나 두 발을 통해서 뿜어내는 것을 경기(勁氣)라고 한다.

소위 장풍이나 권풍, 각풍(脚風), 족경(足勁)이라고 하며, 그것을 전개하려면 공력이 최소한 팔십 년 이상이어야만 가능하다.

그리고 두 손과 두 발 외의 몸의 다른 부위로 공력을 뿜어내는 것을 강기(剛氣)라고 하며, 그것을 흉내라도 내려면 최소한 삼 갑자의 공력이 필요하다.

방금 우두머리가 잘못 본 것이 아니라면, 단운비는 옆구리 부위에서 강기를 뿜어내서 홍의고수의 머리통을 박살 낸 것이 분명했다.

뚝.

우두머리의 걸음이 본능적으로 멈춰지면서 비로소 안색이 단단하게 굳어졌다.

그의 짐작이 틀리지 않다면 지금 그를 향해서 똑바로 걸어오고 있는 흑의청년의 무위는 자신이 모시고 있는 최고 우두머리와 비슷한 수준일 것이다.

그는 최고 우두머리의 일 초식도 막아내지 못한다. 고로, 그는 애당초 흑의청년의 적수가 되지 못한다.

조금 전에 그가 방 안에 있을 때 들었던 음향은 누군가 권각법으로 사람을 가격하는 것이었다.

그래서 그는 밖에 나왔을 때 수하들이 쓰러져 있는 것을 보고 흑의청년의 권각술에 당했을 것이라고 짐작했다. 순식간에 수하들 전부를 요절냈으니 그 정도면 제법 고강한 수준이라고 생각했었다.

하지만 자신에게는 통하지 않을 것이라고 나름 판단했었다.

그런데 그게 아니었다. 자신이 모시고 있는 최고 우두머리, 즉 사천존(四天尊)과 평수(平手)의 수준인 것이 확인된 이상 흑의청년과 정면으로 부딪쳐서 싸우는 것은 불을 보고 뛰어드는 불나비와 같은 것이다.

흑의청년이 누구인지, 무엇 때문에 이곳에 나타났는지는 그리 중요하지 않다. 지금으로서는 살아남는 것만이 최우선 과제다.

우두머리의 풍부한 경험은 이럴 때 그에게 몇 가지 지혜로운 방법을 제시해 주었다.

그리고 그 방법 중에 첫 번째가 '삼십육계줄행랑'이라는 결정을 내리기까지는 그리 오래 걸리지 않았다.

수치스러움이나 자존심 따윈 한 가지 명제 앞에서 아무런 힘을 발휘하지 못한다.

그 명제는 바로 그가 사천존으로부터 부여받은 막중한 임무다. 그의 임무는 목숨보다 더 소중하다.

반드시 살아서 임무를 완수하는 것이야말로 그가 살아남아야 할 최고의 가치다.

휙!

경험이 풍부한 사람들은 방법이 정해졌을 때에는 즉시 행동에 옮기는 공통점이 있다.

우두머리는 단운비와의 거리가 이 장 정도인 곳에서 재빨리 몸을 돌리는 것과 동시에 낭하의 난간 너머로 훌쩍 뛰어올랐다.

슈욱!

이어서 삼십여 장 아래의 바닥을 향해 머리를 아래로 한 자세로 곤두박질치듯이 곧장 일직선으로 쏘아 내렸다.

"청산."

쉭!

단운비가 나직이 불렀을 때, 청산은 이미 낭하의 난간을 가볍게 뛰어넘어 우두머리 머리 위로 쏘아 내리고 있었다.

단운비는 우두머리를 용전 휘하의 당주 급 정도일 것이라고 짐작했으며, 그 정도 수준이라면 청산으로도 충분히 제압할 것이라고 판단했다.

사천존 휘하에는 섬(閃)과 풍(風) 두 개의 전이 있으며, 그 아래에는 다섯 개씩의 당이 있다.

지금 도주하고 있는 우두머리는 풍전(風殿) 휘하 오당 중에서 무풍당(武風堂)의 당주다.

결론적으로 무풍당주는 청산보다 두어 수 하수다. 청산이 머리를 아래로 향한 채 공력을 높여 하강을 시작하자 순식간에 거리가 좁혀졌다.

창!

청산은 맨손으로도 충분하지만 실수를 하지 않기 위해서

어깨의 검을 뽑았다.

무풍당주는 발검하는 소리에 움찔하며 위를 올려다보다가 안색이 급변했다.

바로 머리 위 이 장 거리에서 청산이 빠른 속도로 쏘아 내리고 있는 모습을 발견한 것이다.

순간 무풍당주는 또 다른 수를 생각해 냈다. 설심주의(設心做意). 그의 간사한 꾀는 끝이 없을 정도다.

"침입자다!"

느닷없이 제천루 십오층 전체가 떠나가도록 우렁차게 소리를 지른 것이다.

그러자 제천루의 십층을 제외한 전체 층에서 갑자기 수많은 고수들이 한꺼번에 쏟아져 나왔다.

원래 무풍당주 일행은 제천루 십층에서 묵고 있었으며, 다른 층에는 제천방 고수들이 있었다.

각자의 방에서 우르르 뛰쳐나온 제천방 고수들, 즉 제천고수들은 낭하를 내려다보다가 청산이 무풍당주를 공격하기 직전인 광경을 보고 앞뒤 가리지 않고 그 즉시 청산을 공격해 갔다.

그때 십오층 꼭대기에서 한 명의 청년이 낭하를 내려다보다가 그 광경을 목격하고 청산을 가리키며 우렁차게 소리를 질렀다.

"침입자를 잡아라! 절대 놓치지 마라!"

황의경장을 입고 어깨에 한 자루 도를 메고 있는 청년은 바로 제천방의 소방주 태무상이었다.

그는 광경을 보는 즉시 무풍당주를 죽이려고 하는 자가 자신의 부친을 죽인 암살자와 연관이 있을 것이라고 직감했다.

그의 부친은 이곳 제천루 십오층 자신의 집무실에서 암살을 당했었다.

그러므로 이곳에 침입한 청산을 암살자와 연관시키는 것은 지극히 당연한 일이었다.

쏴아아!

청산과 무풍당주의 거리가 반 장으로 좁혀졌을 때 사방의 낭하에서 제천고수들이 한꺼번에 공격을 해왔다.

청산은 오층까지 하강한 상태인데, 사층의 제천고수들이 공격해 온 것이다.

또한 사층 아래쪽의 제천고수들도 공격을 가할 준비를 하고 있었다.

그뿐 아니라 오, 육층의 제천고수들은 낭하 밖으로 몸을 날려 위에서부터 청산을 공격했고, 그 위층의 제천고수들은 나는 듯이 계단을 달려 내려갔다.

청산은 슬쩍 가볍게 눈살을 찌푸렸다. 이제 검을 뽑기만 하면 무풍당주를 제압할 수 있으나, 그렇게 되면 자신이 위험해진다.

그가 제아무리 날고 기는 재주가 있어도 금강불괴가 아닌 이상 제천고수들의 도검을 무시할 수는 없는 것이다.

차차차창!

청산은 한차례 검을 휘둘러서 사방의 낭하에서 공격해 오는 제천고수 십오륙 명의 도검을 모조리 튕겨냈다.

그 반탄력을 이기지 못하고 제천고수들은 뒤로 날아가서 낭하와 벽에 부딪치며 마구 추락했다.

그사이에 무풍당주는 이미 일층 바닥에 내려서고 있었다.

"잡아랏!"

그때 삼층의 제천고수들이 소리치면서 청산에게 득달같이 달려들었다.

그뿐만 아니라 청산이 제천고수들을 상대하느라 잠시 주춤하는 사이에 오, 육층에서 낭하 아래로 몸을 날린 제천고수들이 어느새 그의 바로 머리 위까지 쇄도하고 있는 중이었다.

차차차창!

청산이 다시 한차례 검을 휘둘러서 제천고수들을 물리친 후에 바닥에 내려섰을 땐 무풍당주는 이미 사라지고 보이지 않았다.

그 대신 그는 일층 넓은 대전에서 순식간에 제천고수들 오십여 명에게 빽빽이 포위되고 말았다.

제천고수 한 명은 청산의 일 초식도 감당하지 못하는 수준이지만, 오십여 명의 포위지세는 그리 만만한 게 아니었다.

그것은 말 그대로 넓게 펼쳐진 촘촘한 그물(網) 같았다.

제천고수들을 무자비하게 죽이면서 포위망을 뚫으면 한결 쉬울 테지만 그러지도 못하는 상황이었다.

만약 그가 무고한 살인을 한다면 단운비가 가만히 있을 리가 없을 것이다.

단운비는 십층 낭하에서 아래를 쳐다보다가 곧 자미령 부녀가 있는 방으로 들어갔다.

이어서 양팔에 두 사람을 한 명씩 끼고 창밖으로 신형을 날려 밤하늘로 떠올랐다.

스웃—

어풍비행을 전개한 그는 십오 층짜리 제천루 지붕보다 십여 장 더 높게 솟아올랐다.

"어어……."

캄캄한 밤이라서 발아래는 보이지 않지만, 자꾸 위로 솟구치니 자중곤은 이상한 신음 소리를 내면서 두 손으로 단운비의 몸을 꼭 붙잡았다.

단운비는 빠르게 지상의 곳곳을 살펴보다가 한곳에 시선을 멈추며 가볍게 눈을 빛냈다.

저만치 제천방의 뒷문 포구 쪽으로 무풍당주가 나는 듯이 달려가고 있는 모습을 발견했다.

단운비는 뒷문 쪽을 보았다. 전당강의 물줄기를 운하로 파서 제천방 뒷문 안쪽으로 끌어들여 제법 넓은 인공 호수가 만들어져 있었고, 그곳에 크고 작은 십여 척의 배들이 정박해 있는 광경이 내려다보였다.

[소단주, 단주를 안으시오.]

단운비는 자미령을 떼어내서 어깨를 잡아 자중곤 쪽으로 내밀며 전음으로 말했다.

자미령은 단운비가 어떻게 하려는 줄 모른 채 그가 시키는 대로 두 팔로 부친을 안았다.

[단단히 잡으시오.]

단운비는 한마디 한 후 갑자기 자미령을 한쪽으로 슬쩍 집 어던졌다.

"앗!"

"우왓!"

갑작스러운 일에 자미령 부녀는 똑같이 소스라치게 놀라 다급한 비명을 터뜨렸다.

두 사람은 어느 전각의 지붕 위로 곧장 떨어져 내렸다. 그러나 속도는 매우 느렸으며 자중곤을 안은 자미령은 꼿꼿하게 선 자세였다. 단운비가 그렇게 되도록 힘을 적당히 조절한 것이다.

두 사람의 비명 소리에 뒷문 쪽으로 달려가던 무풍당주가 야공을 쳐다보다가 단운비를 발견하고 움찔 놀라 자신도 모르게 부르르 몸을 떨었다.

무풍당주가 쳐다보고 있는 찰나지간에 단운비가 쏜살같이 쏘아 내려왔다.

아니, 그는 그저 밤하늘 높은 곳에 우뚝 서 있었는데, 그의 모습이 갑자기 스스스 끌어당겨지듯이 무풍당주의 머리 위 삼 장 거리까지 순식간에 좁혀졌다.

그것은 마치 전설상에 나오는 축지성촌(縮地成寸) 같았다.

자신을 향해 왼손을 쭉 뻗는 단운비를 보면서 무풍당주가 할 수 있는 일은 한 가지뿐이었다.

"암살자다! 방주를 죽인 암살자다!"

단운비의 커다란 손이 목덜미를 움켜잡기 직전에 목청껏 악을 쓰는 것이었다.

"큭!"

무풍당주는 뒷덜미가 쇠갈고리에 찍힌 듯한 압박감과 함께 온몸에서 기운이 쭉 빠져나가는 것을 느꼈다.

그리고 그 직후에 자신의 두 발이 허공중에 떠 있는 것을 느꼈다.

그는 단운비가 땅에 내려서기도 전에 허공섭물의 수법으로 자신을 끌어당겨 제압했다는 사실을 깨닫고 온몸에 소름이 쫙 끼쳤다.

그렇지만 무풍당주는 자신이 독수리에게 낚아 채인 병아리 신세라고 해도 포기하지 않았다.

슉—

단운비는 기척없이 땅에 내려섰다. 그의 왼손에 뒷덜미가 잡힌 무풍당주는 몸이 뻣뻣해져서 한 도막의 나무처럼 기우

뚱한 자세로 매달려 있었다.

무풍당주는 눈을 부릅뜨고 눈알을 데룩데룩 굴리면서 자신을 제압한 자가 누구며, 목적이 무엇인지를 머리통이 터지도록 궁리해 보았으나 아무것도 짐작 가는 것이 없었다.

그때 저쪽에서 청산이 쏜살같이 달려오고 있었고, 그 뒤 멀찍이에서 제천고수 백여 명이 벌떼처럼 추격하고 있는 광경이 보였다.

제천루에서 제천고수들의 포위망을 겨우 탈출한 청산은 무풍당주를 추격하려고 전력을 다해서 쏘아오는 길이었다.

그런데 그는 단운비가 이미 무풍당주를 제압한 것을 보고 착잡해졌다.

그는 무풍당주를 잡지 못했을 뿐만 아니라 제천고수들을 백여 명이나 우르르 소 몰 듯이 이끌고 와서 단운비를 곤란한 지경에 처하도록 만든 것이다. 동냥은 못할망정 쪽박만 깨고 있는 청산이었다.

그뿐이 아니라 조금 전에 무풍당주의 악쓰는 외침을 듣고 사방의 전각에서 쏟아져 나온 제천고수들이 단운비 쪽으로 꾸역꾸역 몰려들고 있었다.

"령아."

어느 전각의 지붕 위에 있던 자중곤이 저 멀리 아래의 광경을 보면서 무거운 표정으로 나직이 입을 열었다.

그는 아직도 정신을 수습하지 못한 상태라서 여전히 딸에게 안겨 있는 모습이었다.

하지만 자중곤하고는 달리 자미령은 단운비를 별로 염려하지 않았다.

단운비와 청산 정도 수준이라면 지금 당장 신형을 날려 도주한다고 해도 제천고수들이 절대 추격하지 못할 것이라고 생각했다.

그녀는 뒤를 돌아보았다. 그녀가 있는 곳에서 담까지의 거리는 삼십여 장 거리인데 그 사이에 전각들이 있어서 징검다리처럼 건너뛰면 제천방을 빠져나가는 것은 문제될 것이 없을 듯했다.

그러므로 단운비가 몸을 날리기만 하면 그것을 신호로 그녀도 즉시 도주를 할 생각이었다. 그래서 부친을 내려놓지 않고 있는 것이다.

“……?”

그런데 단운비는 청산이 자신의 곁에 다가와서 멈추고 이어서 제천고수들이 몰려들고 있는데도 도주할 생각이 없는 듯 그 자리에 그냥 서 있었다.

“주군.”

단운비 옆에 선 청산은 죄스러운 표정으로 그 말만을 하고 공손히 시립했다.

“괜찮다. 네가 도움이 됐다.”

단운비는 가볍게 고개를 끄덕이면서 빙그레 미소를 지어 보였다.

청산은 그를 보면서 눈이 부신 듯한 표정을 지었다. 사실 그는 단운비가 자신을 나무랄 것이라고는 추호도 생각하지 않았다.

청산이 비단 큰 죄를 지었다고 해도 단운비는 수하를 나무랄 사람이 아니다.

청산은 방금 단운비가 말한 ‘네가 도움이 됐다’ 라는 말뜻을 즉시 알아차렸다.

그가 제천루 안에서 많은 제천고수들을 붙잡고 있고, 또 무풍당주를 밖으로 몰아주었기 때문에 쉽게 잡을 수 있었다는 뜻이다.

그렇지만 청산은 단운비가 무풍당주를 제압하고서도 어째서 이곳을 즉시 떠나지 않고 무엇을 기다리고 있기라도 하듯 그냥 서 있는 것인지를 알 수가 없었다.

당연한 일이지만, 잠시 후 무려 이백여 명의 제천고수들이 몰려와 단운비와 청산을 겹겹이 포위했다.

하지만 그들은 공격은 하지 않고 물샐틈없는 포위망만 구축했다.

이윽고 포위망의 한쪽이 파도처럼 갈라지면서 그 사이로 제천방 소방주 태무상이 성큼성큼 걸어 들어왔다.

태무상은 포위망 안쪽에 우뚝 서서 날카로운 시선으로 단운비와 청산, 그리고 제압되어 있는 무풍당주를 차례로 쓸어보았다.

태무상은 방주로 취임을 하지 않았을 뿐이지 제천방주나 다름이 없는 신분이다.

이윽고 태무상의 시선이 마지막으로 단운비의 얼굴에 멈추더니 눈동자도 흔들리지 않고 똑바로 주시했다.

입을 힘주어서 굳게 다물고 있는 모습이 감정을 다스리려는 듯이 보였다.

전혀 다른 기풍의 두 사람의 시선이 삼 장의 거리를 두고 정면으로 마주쳤다.

단운비는 산책을 나와서 달구경이라도 하듯 담담한 표정에 깊은 바다처럼 고요한 눈빛이다.

반면에 태무상의 얼굴은 돌처럼 단단하게 굳었고 눈빛은 화산처럼 이글거렸다.

태무상의 얼굴에는 단운비가 야밤에 제천방에 침입하여 분란을 일으킨 것에 대해서 마땅치 않게 여기는 기분이 역력하게 드러났다.

태무상은 단운비에게 뒷덜미가 잡힌 채 두 발이 땅에 닿아 비스듬한 자세로 굳어 있는 무풍당주를 힐끗 쳐다보았다.

그 모습은 흡사 곧 뜨거운 솥 안에 집어넣어질 개의 꼬락서니와 비슷했다.

시선을 땅으로 향하고 있는 무풍당주는 움직이기는커녕 말도 할 수 없는 상황이므로 무엇이 어떻게 돌아가는지 알 수가 없었다.

다만 어수선한 분위기를 느끼면서 대충 이러이러할 것이라고 막연하게 추측만 할 뿐이다.

이윽고 태무상은 단운비에게서 시선을 떼지 않으며 정중하게 포권을 했다.

"해룡신께서 폐방에 어인 일이시오?"

굵으면서도 착 가라앉은 묵직한 다분히 위엄있는 목소리다. 그리고 예의를 잃지 않으면서도 그 짧은 말속에 그가 궁금하게 여기는 모든 질문이 함축되어 있었다.

항주성에 적을 두고 있는 제천방 소방주인 그가 해룡신을 모른다면 말이 되지 않는다.

사실 지금 이 일이 있기 전까지만 해도 태무상은 해룡신을 부친 다음으로 존경하고 있었다.

태무상의 부친이 정파도 사파도 아닌 정사간의 인물이며 제천방을 그런 쪽으로 이끈 것에 반해서, 태무상은 뼛속까지 정파인이었다.

아니, 누군가 그를 정파인이라고 규정한 적은 없으나 제천방 내에서 가장 공명정대하고 정의로우면서 의협심이 강한 사람을 꼽으라면 어느 누구라도 태무상을 가리킬 것이다.

그런 그가 지난 이 년여 동안 항주성과 절강성에서 수많은

빈민을 구제하고 다리를 놓으며 둑을 쌓는 등 좋은 일을 많이
한 해룡신을 존경하지 않는다면 말이 되지 않는다.

쿵!

그때 단운비가 쥐고 있던 무풍당주의 뒷덜미를 놓자 그는
묵직하게 땅에 얼굴을 묻으며 엎어졌다.

이어서 단운비는 태무상에게 마주 정중히 포권을 했다.

"나는 이자를 잡으러 왔소."

태무상의 짙은 검미가 꿈틀했다. 그는 포권을 한 손을 가볍
게 흔들며 말을 받았다.

"그분은 선친의 장례식에 참가한 조문객이시며, 암살자에
대해서 불초에게 여러 가지 조언을 아끼지 않는 고마운 분이
시오."

그의 말에 힘이 들어가 있는 것을 보면 욱! 하는 감정을 자
제하고 있는 것이 분명했다.

그는 자신의 감정이 격해지는 것을 느끼면서 자제하려고
애쓰며 말을 이었다.

"해룡신께서 무슨 연유로 그분을 제압하셨는지는 모르지
만 필시 오해가 있는 것 같군요."

태무상은 무풍당주의 진실한 신분을 까맣게 모르고 그런
말을 하는 것이었다.

아직 천하에 모습을 드러내지 않은 신비한 거대 세력이 바
로 대천회다.

그들은 암중에서 천하대계를 획책하고 있으며, 그중 살비굉규는 매우 중요한 비중을 차지하고 있다.

그런데 그것이 얼마 전부터 어긋나기 시작했다. 어떻게 된 일인지 독천은 찾을 수도 없으며, 삼천존으로부터는 모든 연락이 두절되어 버린 것이다.

대천회는 전 세력을 가동하여 독천을 찾기 시작했다. 그러나 바다의 성채처럼 거대한 독천이 하늘로 솟았는지 심해로 가라앉았는지 흔적조차 찾을 수가 없었다.

그런데 바로 그때 강소성에서의 네 건의 암살 사건이 대천회의 이목을 끌었다.

암살 대상은 삼천혈세록 첫째 장 첫째 줄에 기록된 네 명이었고, 암살의 형태는 영락없는 사무살의 솜씨였다.

그로써 대천회는 일단 한시름을 놓았다. 어떻든지 살비굉규의 혈세암살이 그 막을 올렸기 때문에 천하대계를 진행하는 데에는 지장이 없다고 여긴 것이다.

그러나 삼천존과 독천에게서 아무런 보고도 없으며 연락 두절은 여전했다.

그 무렵에 또다시 항주성에서 제천방주와 벽검궁주가 암살되었다.

암살된 두 명은 삼천혈세록의 순서에 의해서 두 번째에 죽을 차례였었다.

삼천존과 독천에 무슨 일이 있었든지 간에, 사무살과 삼십육비는 혈세암살을 진행하고 있는 것이 분명했다.

그렇더라도 대천회로서는 두 손을 내려놓고 수수방관할 수만은 없는 노릇이었다.

대천회는 독천이나 사무살, 삼십육비를 찾아내는 일에 가일층 박차를 가했다.

그것의 일환으로 암살을 당한 자들의 방, 문파에 조문객을 가장하여 수하들을 잠입시켰다.

그 방, 문파에서 무엇을 알아낼 수 있거나, 혹은 그들을 최대한 이용하여 뭔가 단서가 될 만한 것이나 흔적을 밝혀내는 것이 목적이었다.

조문객 틈에 섞여서 제천방에는 무풍당주가, 벽검궁에는 흑풍당주(黑風堂主)가, 각각 조문을 하러 온 것처럼 가장하고 잠입을 했었다.

얼마 전까지만 해도 그들은 암살을 저지른 사무살, 삼십육비와 같은 방파의 일원이었다.

무풍당주와 흑풍당주를 제천방과 벽검궁에 잠입시킨 사천존은 그들에게 암살자에 대한 정보를 조금만 알려주고 그것을 두 방, 문파에 슬며시 흘리고 나서 접촉을 시도하라고 명령했었다.

그 결과 제천방은 성공했으나 벽검궁은 실패했다.

아니, 벽검궁은 실패가 아니라 흑풍당주가 사천존의 명령으로 순순히 물러난 것이다.

왜냐하면 그곳에 강남무림의 절대자인 금검보의 소보주 독고연지가 조문객으로 섞여 있는 것을 발견했기 때문이다.

흑풍당주가 괜히 암살자의 정보를 흘리면서 얼쩡거리다가 천하제일의 두뇌를 지녔다고 알려진 독고연지의 촉수에 걸리면 좋을 것이 없기 때문에 아예 일찌감치 손을 털고 물러난 것이다.

"오해 같은 것은 없소."

단운비는 고개를 가볍게 가로젓고 나서 태무상을 똑바로 쳐다보았다.

"소방주는 무엇 때문에 당신의 부친을 암살한 암살자들과 한패거리인 이놈을 비호하는 것이오?"

"……."

단운비는 말을 할 때 질질 끄는 법이 없다. 핵심을 끄집어내서 짧은 시간에 대화를 끝내는 것이 그의 방식이다.

그의 느닷없는 말에 태무상은 어이없다는 표정을 지었다. 너무 터무니없는 말이라서 그는 순간적으로 단운비가 장난을 치는 것이라고 생각할 정도였다.

그러나 단운비의 고요하고 무심한 표정은 절대 농담을 하는 사람의 모습이 아니다.

더구나 해룡신 정도의 인물이 이렇게 일을 벌여놓고 헛소리를 하겠는가.

태무상은 다혈질적이고 고집스러운 성격이지만 그렇다고

아둔패기는 아니었다.

그는 냉정하려고 애쓰면서 생각을 정리해 보았다. 그렇지만 시간이 흘러도 정리가 되기는커녕 머릿속이 더욱 복잡해기지만 했지 이 일이 어떻게 돌아가고 있는 것인지 갈피를 잡을 수가 없었다.

'곽 대인이 암살자와 한패거리라니, 해룡신은 도대체 무슨 근거로 그런 말을……'

그는 무풍당주를 곽 대인이라 알고 있다. 그가 자신을 산동성 곽가장(郭家莊)의 장주라고 소개했기 때문이다. 더구나 그는 산동 사투리를 정말 그럴싸하게 구사했다.

태무상은 해룡신이 이런 상황에서 거짓말을 하지는 않을 것이라고 생각했다.

하지만 암살자에 대해서 정보를 주고 있는 곽 대인을 믿고 싶은 마음도 여전했다.

양수집병(兩手執餠). 양손에 쥔 떡이다. 그래서 생각은 다시 원점으로 되돌아왔다.

얼굴을 땅에 묻은 채 엎어져 있는 무풍당주는 너무 놀라서 입안에 흙이 가득 들어간 것도 잊은 채 내심 중얼거렸다.

'창천해상단의 해룡신이란 말인가? 그런데 이놈이 내가 암살자와 한패라는 사실을 도대체 어떻게 알고 있는 것이지?

단운비가 사무살로 길러질 뻔했었다는 사실을 무풍당주가 알 리 없다.

무풍당주는 어금니를 힘껏 악물었다.

'어떻게 알았든지 네놈은 그 사실을 절대로 증명하지 못할 것이다……!'

죽으면 죽었지 그 사실을 자신이 실토하지 않으면 된다는 각오를 다지는 무풍당주다.

슉—

그때 단운비가 손바닥을 활짝 펼쳐서 무풍당주의 뒤통수로 뻗었다.

스으.

그러자 허공섭물에 의해서 무풍당주의 몸이 스르르 일으켜 세워졌다.

'허… 공섭물!'

태무상은 그 광경을 보고 혼비백산했다. 그는 허공섭물이라는 신기의 수법이 존재한다는 사실만 알고 있었지 실제로 보기는 처음이었다.

놀란 사람은 비단 태무상 혼자만이 아니다. 그 자리에 있던 이백여 명의 제천고수들 모두 혼비백산해서 단운비를 쳐다보았다.

그렇지만 놀라움은 이제 시작일 뿐이다.

슉—

단운비는 활짝 펼친 손으로 반원을 그리면서 앞으로 가볍게 미는 동작을 해 보였다.

스르르.

그러자 일으켜졌던 무풍당주의 두 발이 땅에서 한 자 정도 떠오르더니 단운비에게서 일 장쯤 뒤로 밀려가서 허공중에 정지했다.

단운비는 허공섭물을 전개할 뿐만 아니라 대상을 마음대로 조종하고 있었다.

태무상은 할 말을 잃고 말았다. 그는 너무 경악해서 자신이 눈을 찢어지게 부릅뜨고 입을 쩍 벌리고 있다는 사실조차 인식하지 못했다.

그뿐만 아니라 이백여 명의 제천고수들 모두가 아연실색한 얼굴로 그 광경을 주시하고 있었다.

두 발이 땅에서 한 자 정도 떠올라 허공에 정지한 무풍당주의 얼굴은 태무상 쪽을 향하고 있었다.

태무상은 곽 대인의 얼굴이 하얗게 질려 있는 것과 눈을 쉴 새 없이 껌뻑이면서 태무상에게 제발 말려달라는 애원의 신호를 보내는 것을 발견했다.

하지만 태무상은 아무 말도 하지 않았다. 그는 단운비의 신적인 행동에 완전히 압도당했다.

그래서 그것 때문에 어쩌면 단운비의 주장이 맞을지도 모른다는 생각이 들기 시작했다.

그때 무풍당주를 향해 뻗어 있는 단운비의 손끝이 가볍게 흔들렸다.

마치 나뭇가지에 매달린 낙엽을 손끝으로 쳐서 떨어뜨리는 듯한 평범한 동작이었다.

퍼퍼퍼퍽!

다음 순간 무풍당주의 몸 다섯 군데, 즉 이마와 등, 복부, 가슴, 옆구리에 작은 구멍이 뚫리면서 분수처럼 핏물이 뿜어졌다.

"끄아아—!"

동시에 무풍당주는 심장을 조각내서 토해내는 것처럼 처절한 비명을 질러댔다.

방금 단운비의 간단한 동작은 무풍당주의 몸 다섯 군데의 혈맥을 끊는 것과 동시에 아혈을 풀어준 것이었다. 비명을 지르라는 의도였다.

그런데 신기한 것은, 단운비는 무풍당주의 뒤에 서 있는데도 그의 앞부분인 이마 와 복부, 옆구리에서 피가 뿜어지게 했다는 사실이다.

발출한 공력이 앞으로 직진만 한다는 것은 무공의 상식이다. 그러나 현재 단운비의 무위는 상식을 초월한 상태이므로 상식을 갖고 그의 무공을 설명하는 데에는 많은 무리가 따른다.

자신의 비명 소리를 자신의 귀로 직접 듣는 것만큼 소름끼치는 일은 없다.

무풍당주는 육체의 고통에 정신적인 고통이 가중되어 마

치 온몸과 정신이 해체되는 듯한 느낌에 시달렸다.

단운비는 단지 무풍당주의 다섯 군데 혈맥을 끊은 것만이 아니었다.

그 다섯 군데로 약간의 진기를 주입시켜서 그의 온몸을 주천하면서 뼈와 살을 깎아내도록 만들었다.

그 고통은 근육을 부수고 뼈를 찢어발긴다는 분근착골(粉筋鑿骨)보다 더했으면 더했지 결코 못하지 않았다.

천하에서 분근착골의 고통을 이겨낼 만한 사람은 거의 없다고 해도 과언이 아니다.

그런데 하물며 그보다 더한 고통을 무풍당주가 어찌 견뎌내겠는가.

"크아아―! 제발 죽여다오―! 으아아―!"

채 다섯 호흡이 지나기도 전에 이마에서 흐른 피가 온 얼굴을 뒤덮어 악귀처럼 변한 모습의 무풍당주는 움직일 수 없기 때문에 몸을 푸들푸들 떨면서 처절한 절규를 터뜨렸다.

그 광경을 정면에서 보고 있는 태무상은 자신이 당하는 것이 아니면서도 삽시간에 온몸에 소름이 돋았고 입안에 침이 바짝 말랐다.

"너는 누구냐?"

그때 단운비가 무풍당주의 뒤통수를 주시하며 조용히 중얼거렸다.

"크아아악! 나, 나는… 무풍당주다……!"

무풍당주는 구원의 밧줄이라도 잡은 듯이 비명과 함께 허겁지겁 대답했다.

죽게 되더라도 실토를 하지 않겠다던 그의 결심에는 흔들림이 없다.

그러나 이것은 죽는 것이 아니다. 죽음은 사치라고 여길 정도로 끔찍한 고통이다.

그것에서 벗어날 수만 있다면 그는 부모라고 해도 팔아먹을 수 있었다.

"어디의 무풍당주냐?"

단운비가 묻는 목소리는 조용하고 담담하다. 마치 친구에게 '어딜 가느냐' 고 묻는 듯했다. 그렇지만 무풍당주의 귀에는 악마의 속삭임처럼 들렸다.

"대… 대천회… 사천존 휘하… 크으윽! 풍전 소속 무풍당의 당주… 입니다……! 으아악!"

그는 단운비가 두 번 묻지 않도록 처절한 비명을 질러가면서도 친절하게 대답했다.

그의 목적이 사는 것이 아니라 죽는 것이라는 사실을 이곳에 있는 사람들은 다 알고 있었다. 죽기 위해서 처절한 사투를 벌이고 있는 무풍당주를 본다는 것은 모두에게 그 자체가 지독한 고문이었다.

"암살자들은 어디 사람들이냐?"

"끄아악! 대… 대천회에서 키운 살수들… 입니다……. 어서… 죽여주십시오! 제발……!"

태무상의 두 눈이 찢어질 것처럼 부릅떠졌다. 무풍당주의 입을 통해서 하나씩 밝혀지고 있는 진실이 그를 대경실색하게 만들었다.

하지만 그것은 지금 그가 겪고 있는 소름끼침의 절반의 이유일 뿐이다.

나머지 절반은 단운비가 펼치는 손속의 잔인함, 그리고 무풍당주가 보여주고 있는 처절한 모습과 죽기 위한 몸부림 때문이었다.

단운비의 질문은 계속 이어졌다. 하지만 그는 태무상에게 진실을 밝히기 위해서보다는 자신의 궁금증을 푸는 쪽으로 질문을 했다.

"무엇 때문에 창천해상단을 해체하려는 것이냐?"

'창천해상단을 해체해?'

밑도 끝도 없는 말에 태무상은 어리둥절해졌다.

무풍당주는 온몸에서 흘러나오는 피로 인해서 피범벅이 되어 절규를 토해냈다.

"끄으으… 창천해상단의 많은 배로… 독천을 찾아내기 위해서다…… 독천이라는 것은……."

"독천에 무슨 일이 있느냐?"

단운비는 질문으로 무풍당주의 말을 잘랐다. 이제부터 무풍당주가 실토하는 것은 단운비 자신만 들으면 된다. 다른 사

람들이 독천이니 뭐니 알게 되는 것은 현재로선 원하지 않는
바다.

"흐으윽… 끄아악! 독… 천을 아느냐?"

무풍당주는 존대를 했다가 반말을 하다가 정신이 없다. 그
러나 그 와중에도 단운비가 독천을 알고 있다는 사실을 놓치
지 않았다.

단운비는 대답하지 않고 묵묵히 기다렸다.

무풍당주가 자신이 내뱉은 반문이 오히려 자신의 고통을
가중시켜 준다는 사실을 깨닫는 데에는 그리 오랜 시간이 걸
리지 않았다. 시간을 끈다는 것은 그에게 절대적으로 불리한
일이다.

그의 몸 다섯 군데에서 뿜어지는 핏줄기는 매우 가늘어서
그렇게 한 시진 이상 뿜어져야만 온몸의 피를 다 쏟아낼 것
같았다.

"도… 독천과의 모든 연락이 끊어졌다……. 크으으……."

"삼천존이 배신을 한 것이냐?"

"모… 릅니다. 제발… 어서… 죽여주십시오……. 크으
윽……."

단운비가 '독천'에 이어서 '삼천존'이라는 말을 했으나 무
풍당주는 조금 전처럼 아는 체를 하지 않고 처절하게 애원했
다.

단운비는 잠시 생각에 잠겼다.

그는 이 정도에서 이 놀이를 그만둬야겠다고 생각했다. 무풍당주의 입에서 흘러나오는 실토가 태무상 등의 귀에 들어갈 것을 우려해서다.

단운비는 무풍당주를 향해 손을 뻗었다가 가볍게 끌어당기는 시늉을 했다.

그것으로 무풍당주의 몸속에 주입시켰던 진기가 모조리 회수되었다.

쿵!

무풍당주는 다시 땅에 묵직하게 쓰러졌다.

"크으으… 어… 어서 죽… 여다오……."

그는 자신이 죽을 것이라는 사실을 조금도 의심하지 않은 채 맥없이 중얼거렸다.

단운비가 가볍게 고개를 끄덕이자 그 의도를 알아차린 청산이 즉시 무풍당주의 아혈을 제압하고 다섯 군데 상처를 지혈시켰다.

그제야 무풍당주는 속았다는 사실을 깨닫고 속이 뒤집어져서 눈을 퉁방울처럼 부릅뜨며 게거품을 뿜어냈다.

단운비는 태무상을 쳐다보며 조용히 말했다.

"이놈은 본 단의 단주를 납치해서 이곳 제천방 제천루 십층에 감금하고 있었는데 내가 단주를 구했소."

이어서 그는 저 멀리 전각 위의 자미령 부녀를 가리켰다.

태무상은 너무도 큰 충격 때문에 정신이 반쯤 나가 있는 상태에서 더 큰 충격을 받으며 무의식적으로 단운비가 가리키는 곳을 쳐다보았다.

그는 전각 지붕 위에서 자중곤을 안은 채 서 있는 자미령을 발견하고도 멀뚱한 표정이다가 갑자기 정신을 차리고는 화들짝 놀랐다.

"창천해상단 단주께서……."

그의 머릿속이 터질 것처럼 복잡한 와중에도 몇 가지 사실만은 분명하게 알 수 있었다.

첫째, 자신이 귀빈으로 모시고 있던 곽 대인이라는 자가 사실은 대천회의 사천존 휘하 용전 소속 무풍당주라는 생전 처음 듣는 방파의 수하였다는 사실.

둘째, 그자가 이곳 제천방에 머물면서 창천해상단의 단주를 납치하여 제천루 십층에 감금하고 있었으며, 그것을 해룡신이 구했다는 사실.

셋째, 그런 이유로 태무상 자신이 해룡신과 창천해상단에 대죄를 짓고 말았다는 사실 등이다.

단운비가 가볍게 손짓을 하자 자미령은 훌쩍 전각 아래로 뛰어내렸다가 그의 곁으로 달려온 후 그제야 자중곤을 땅에 내려놓았다.

"모두 물러가라!"

태무상은 제일 먼저 겹겹이 에워싼 포위망부터 풀었다.

이어서 주춤주춤 단운비와 자중곤 앞으로 다가와서 어쩔

줄을 몰라 하며 고개를 조아렸다.

"해룡신, 단주, 저는 이 일을 뭐라고 사죄를 드려야 할지 모르겠습니다."

단운비는 담담한 표정으로 고개를 끄덕였다.

"소방주로서는 충분히 그럴 수 있는 일이었소. 소방주에겐 잘못이 없으니 개의치 마시오."

"해룡신……."

"부탁 하나 해도 되겠소?"

"무엇이든지 말씀만 하십시오."

태무상은 황망히 허리를 굽혔다. 그의 그런 행동과 말투가 '하오'에서 '하십시오'로 바뀐 이유가 순전히 자신의 잘못에만 있는 것은 아니었다.

그는 단운비의 개세적인 무위에 완전히 압도당했으며 또한 그를 예전보다 백 배 더 존경하게 된 때문이다.

단운비는 두 손을 벌려 자신의 좌우에 서 있는 일행을 가리키면서 조용히 말했다.

"이제 가도 되겠소?"

그의 부탁은 소박했다.

第四十章

돌아오지 마라

풍림화산

　한 번 실토를 했던 놈은 두 번째부터는 아주 손쉽다. 실토
는 배신과 흡사하다.

　단운비는 풍우문으로 돌아와서 무풍당주를 다시 한 번 심
문하여 몇 가지 사실들을, 아니, 그가 알고 있는 것들을 죄다
알아냈다.

　처음처럼 무풍당주의 몸에 구멍을 뚫을 필요도 없었다. 그
는 체념한 듯 묻는 대로 술술 털어놓았다.

　알아낸 내용들은, 대천회가 어디에 있으며, 대천회의 최고
우두머리 대천존과 그 아래 이천존과 사천존, 오천존이 누구
인지, 그리고 그들이 꾸미고 있는 천하대계라는 것들의 대강

적인 것들이었다.

무풍당주는 속속들이 알고 있지는 않았으나 그가 실토한 내용들은 단운비에겐 매우 중요한 정보들이었다. 그것은 의외의 소득이었다.

단운비는 무풍당주를 죽이지 않았다. 오히려 그의 무공을 일시적으로 제압한 후 마혈과 아혈을 풀어주고, 풍우문 내에서만큼은 자유롭게 활동할 수 있도록 자유를 허락했다.

무풍당주는 탈출하려는 마음을 먹지 않았다. 대천회에 대해서 자신이 아는 것을 모조리 실토했다는 자괴감은 그를 완전히 자포자기하도록 만들어놓았다.

이제 그는 손을 뻗기만 하면 그 즉시 단운비의 수족이 되어줄 것이다.

풍우문 단운비의 집무실, 즉 그가 소진각(素眞閣)이라고 이름을 지은 곳 내실에 그와 청산 두 사람은 대화를 나누고 있는 중이었다.

한소진의 옛 가문의 이름을 따서 풍우문을 지었듯이, 단운비의 거처는 그녀의 이름을 따서 소진각이라고 지었다.

"대천회에 대해서 좀 더 자세히 알아내야겠다."

단운비의 말에 청산은 즉시 대답하지 못했다. 대천회에 대해서 알아보러 자신이 단운비 곁을 떠나고 나면 그를 보필할 사람이 없기 때문이다.

해룡사위가 있기는 하지만, 만약 대천회에서 단운비를 죽이려 한다면 그들로서는 무리다.

여태까지 단운비가 단지 해룡신이었을 때는 해룡사위만으로 그를 호위하고 시중을 드는 것이 충분했었다.

그러나 단운비가 대천회의 일을 전격적으로 방해하고 나선 지금은 상황이 사뭇 달라졌다.

청산은 단운비 주변에 마땅한 사람이 없다는 사실이 지금처럼 절실하게 아쉬운 적이 없었다.

단운비의 무위가 개세적이라고 해도 그는 혼자다. 대천회 전체를 그가 혼자서 상대하는 것은 불가능한 일이었다.

그의 눈과 귀, 그리고 수족이 되어주고 위급한 상황하에서는 스스로의 목숨을 내던져서 단운비에게 조금이나마 보탬이 될 수 있는 사람이 있어야만 하는 것이다.

해룡사위는 그런 마음가짐은 되어 있으나 무공이 따라주지 못한다.

그래서 청산은 즉답을 하지 못하고 잠시 염두를 굴렸다. 아니, 사실 그는 지금 다른 생각을 하고 있는 중이었다.

단운비는 한소진을 찾으면 세상 사람들이 찾지 못하는 곳에서 단둘이 은거할 계획을 갖고 있었다.

하지만 만약 그녀에게 변고가 생겼다면 대천회를 피로 씻겠다고 굳게 맹세한 적이 있었다.

대천회를 지금 당장 건드릴 필요는 없다. 그들이 창천해상

단을 흉계를 꾸며서 장악하려고 했어도 지금은 덮어두는 것
이 좋다.

다만 그들이 또다시 어떤 형태로든 마수를 뻗어오면 오는
족족 상대를 해줄 생각이다. 그때는 지금처럼 호락호락하지
는 않을 것이다.

지금은 독천을 찾는 것이 급선무다. 여태까지도 독천을 찾
으려고 전력을 다했었지만 이제부터는 가일층 더 전력을 기
울여야만 한다.

독천을 찾아내서 한소진을 구해내기만 하면 그것으로 모
든 것이 끝이다.

그 길로 말 많고 한 많은 중원 땅을 영원히 떠나 버리면 그
만인 것이다.

그런데 독천의 삼천존이 대천회와 연락 두절 상태라고 한
다. 그것은 전혀 뜻밖의 일이다.

그런데도 사무살과 삼십육비는 삼천혈세록에 기재된 무림
인들을 암살하고 있는 중이었다.

'어떻게 된 일인가? 삼천존이 대천회에 반기를 들고 혼자
서 행동을 개시했단 말인가?

단운비가 그렇게 생각하는 것은 제일감(第一感)이다. 현재
로선 그것이 가장 적절한 해석이다.

그렇지만 그것은 딱 맞아떨어지는 해석은 아니었다. 삼천
존이 무엇 때문에 대천회를 배신한다는 말인가. 설마 그 혼자

서 천하대계를 이루려는 야욕을 품은 것인가.

'그렇지 않다. 그것은 설득력이 약하다.'

단운비는 고개를 절레절레 가로저었다. 그것을 알아내기에는 단서가 많이 부족하다.

무풍당주를 통해서 대천회에 대해서는 대충 알아냈지만, 독천에 대해서는 오리무중이었다.

"주군."

그때 한동안 생각에 잠겼던 청산이 공손히 입을 열었다.

단운비가 손등으로 턱을 괸 채 눈길을 주자 청산은 조금 망설이는 듯하더니 조심스럽게 말문을 열었다.

"자칫 큰 싸움이 될 수도 있습니다."

대천회가 창천해상단을 장악하려는 음모를 단운비가 와해시켰으므로 그쪽에서 쉽사리 물러가지 않을 것이다.

그러므로 대천회가 본격적으로 해보자고 나서면 싸움이 커질 것이라는 뜻이었다.

그런데다 만에 하나 단운비가 사무살로 키워질 재목이었다가 지옥도에서 탈출했었다는 사실까지 대천회에서 알게 된다면, 그때는 걷잡을 수 없는 생사의 싸움으로 치달을 수도 있었다.

청산의 말에 단운비는 묵묵히 고개만 끄덕였다. 그것은 그 역시 생각했던 일이다.

지금으로선 부디 큰 싸움으로 비화되지 않도록 노력하는

것이 최선이다.

그렇지만 대천회에서 창천해상단에 다시 손을 뻗는다면 가만히 당하고 있을 수만은 없는 일이었다.

그러므로 이것은 대천회가 물러나느냐, 아니면 재차 마수를 뻗어오느냐에 달려 있었다.

그러나 단운비나 청산은 대천회가 순순히 물러나지는 않을 것이라는 쪽에 더 큰 비중을 두었다.

"이대로는 우리가 절대 불리합니다."

청산은 단운비로부터 그가 알고 있는 모든 것들을 들었으므로 앞으로의 계획이나 대처 방안에 대해서도 단운비와 생각을 공유할 수 있었다.

"대천회에서 본격적으로 창천해상단을 집어삼키려 무력으로 나오면 우리로선 턱없이 역부족입니다. 앉아서 당할 수밖에 없습니다."

단운비와 청산은 대천회가 도대체 어느 정도 규모인지는 자세히 모르고 있었다.

하지만 대충 짐작할 수는 있다. 대천회를 이끄는 것은 대천오존이라고 했다. 그중 한 명인 삼천존이 이끌던 것이 독천이다.

독천에는 용호쌍전 아래 열 개의 당에 천여 명의 수하가 있었다.

그러므로 대천회에는 최소한 그 정도 규모가 네 개 더 있다는 얘기가 된다.

무려 사천여 명이다. 물론 더 클 수는 있겠지만 더 작지는 않을 것이다.

청산은 '그런데 우린 주군과 속하, 해룡사위 도합 여섯 명뿐입니다' 라는 말은 구태여 하지 않았다.

청산은 마른침을 삼켰다. 그가 오랫동안 생각해서 결론을 내린, 이제부터 하게 될 말이 단운비의 마음을 거슬리게 할 것이기 때문에 바짝 긴장이 됐다.

혀로 몇 차례 축이는데도 자꾸만 입술이 타들어갔다. 그렇지만 그는 말을 할 수밖에 없다. 그것밖에는 대안이 없기 때문이다.

그러나 만약 잘못되면 그나마 간신히 단운비 곁에 남아 있게 된 청산 자신이 영원히 축출당할 수도 있다. 아니, 그럴 가능성이 아주 많았다.

그래도 말을 해야 한다. 그것이 단운비를 위하는 길이기 때문이다.

"주군."

청산은 다시 한 번 단운비를 불렀다. 그의 대답을 바라는 것이 아니라 자신의 말을 이끌어내기 위해서 일단 서두를 던져 놓은 것이다. 이젠 말할 수밖에 없다.

"대천회는 무림을 제패하려는 음모를 꾸미고, 아니, 이미 실행에 옮긴 상황입니다."

청산은 단운비가 눈을 감는 것을 보았다. 그것은 청산이 무슨 말을 할 것인지 이미 짐작하고 있다는 뜻이었다.

청산은 그 상황에서 이 말을 할까 말까를 조금 더 망설이다가 결국 말을 이었다.

"대천회의 음모를 신룡문과 금검보에 알려주는 것이 어떻겠습니까?"

그는 말을 해버리면 조금쯤 속이 후련할까 싶었는데 오히려 말을 하기 전보다 더 초조해졌다.

그가 그런 말을 한 것은 무슨 무림 정의나 무림 평화를 위해서가 아니다.

그렇다고 신룡문에 미련이 남아 있기 때문은 더더욱 아니다.

그저 대천회를 신룡문과 금검보에 떠넘겨서 단운비를 위험에서 벗어나게 해주려는 일념뿐이었다.

청산은 단운비의 표정이 변하지 않은 것을 보고 내심 안도의 한숨을 쉬면서 다시 말했다.

"주군께서 나서지 않으셔도 됩니다. 속하가 처리하겠습니다. 우리가 알고 있는 정보를 그쪽에 넘겨주면 그다음은 그들이 알아서 처리할 것입니다."

그렇게 하면 단운비에게서 위험이 사라지고, 대천회의 음모를 신룡문과 금검보가 나서서 차단할 테니 일석이조라는 것이 청산의 확고한 믿음이었다.

일단 말을 해놓고 보니까 단운비로서도 구태여 반대할 이유가 없을 것 같다는 생각이 들어서 청산은 마음이 조금 느긋해졌다.

과연 단운비는 고개를 가볍게 끄덕였다.

"좋은 생각이다, 청산."

"그… 렇지요?"

단운비의 뜻밖의 반응에 너무 기쁜 나머지 청산은 평소에는 누구에게도 하지 않던 맞장구까지 쳤다.

슥—

단운비는 몸을 일으켰다.

"그들에겐 네가 가서 알리도록 해라."

서 있던 청산은 급히 허리를 깊숙이 굽혔다.

"감사합니다! 명을 받듭니다!"

그가 쏜살같이 문으로 달려가는데 뒤에서 단운비의 조용한 목소리가 그의 뒤통수를 후려쳤다.

"너는 돌아오지 마라."

"……"

청산은 찰나지간 표정이 급변하여 그 자리에 멈춰서 단운비를 돌아보았다.

너무 놀라서 안색까지 해쓱하게 변한 것을 청산 자신은 깨닫지 못했다.

단운비의 말인즉, 청산 네 생각대로 하되 그것으로 너하고의 인연은 끝이다, 라는 뜻이다.

청산은 극도로 긴장한 얼굴로 조심스럽게 단운비를 쳐다
보았다.

단운비는 창을 열고 그 앞에 서서 뒷짐을 지고는 말없이 창
밖을 내다보았다.

청산은 그의 뒷모습이 너무도 완고하다는 것을 느꼈다. 그
는 정말로 신룡문과의 완전한 '단절'을 원하고 있는 것이 분
명했다.

대천회의 존재와 음모를 신룡문과 금검보에 알리면 모든
것이 잘 풀리게 될 것이다.

그것은 누구보다도 단운비가 잘 알고 있을 터이다. 그런데
도 그는 원하지 않는다.

그는 전면에 나서지 않고 청산을 통해서 해결하는 것조차
도 기피하고 있었다.

그런 식으로라도 신룡문과 연결되는 것을 싫어하기 때문
이다. 그것은 그만큼 신룡문을, 아니, 부친을 증오한다는 뜻
이기도 하다.

청산은 단운비의 완고한 뒷모습만 보고도 그의 내심을 꿰
뚫듯이 간파했다.

그래서 그는 더 이상 신룡문이나 금검보를 입에 올리지, 아
니, 생각하지도 않으리라 새삼 다짐했다.

그는 온전히 단운비의 수하다. 그러므로 그가 원하지 않는
것은 죽어도 하지 말아야 한다.

이제 대천회의 일은 죽이 되든 밥이 되든 단운비와 청산이 부딪쳐서 해결해야 할 과제다.

"그럼 속하가 대천회에 다녀오겠습니다."

처음에 단운비가 했던 말, 즉 대천회에 대해서 자세히 알아야겠다는 것을 청산은 그가 내린 명령으로 만들었다.

청산이 다시 단운비에게 예를 취한 후에 문으로 걸어가려고 할 때, 등 뒤에서 나직한 목소리가 들렸다.

"나는 완벽한 자유를 원한다."

뚝.

청산은 걸음을 멈추고 온몸과 정신을 경직시켰다. 그러나 뒤돌아서진 않았다.

"얼마 전에 너를 다시 만났을 때 내가 신룡문을 어떻게 생각하는지 말해준 것을 기억하느냐?"

그가 '아버님' 이라는 말을 입에 올리는 것조차 싫어서 그냥 '신룡문' 이라고 말한다는 것을 청산은 알아차렸다.

청산은 뒤돌아선 채 대답할 수가 없어서 비로소 몸을 돌리고 공손히 대답했다.

"기억하고 있습니다."

"지금은 그때보다 열 배쯤 더 신룡문이 싫어졌다. 내일이면 스무 배쯤 싫어질 것이다."

"알겠습니다."

말을 하는 단운비도, 듣는 청산도 더 이상의 대화는 무의미하다는 것을 알고 있었다.

"외국을 왕래하던 중에 적당한 곳 하나를 봐두었다."

그때 단운비가 불쑥 화제를 바꾸었다. 신룡문에 대해서 말할 때와는 천양지차로 느껴질 만큼 정감 어린 목소리다.

"그곳이 어딥니까?"

"과모(瓜姆:지금의 괌)라는 곳이다. 더운 지역이지만 대충 둘러보니까 무릉도원처럼 살기 좋은 곳 같았다. 나는 진아와 그곳에서 은거할 생각이다."

'주군께서 어딜 가시더라도 속하는 끝까지 주군을 따르겠습니다' 라고 말하고 싶은 것을 청산은 꾹 참았다.

청산은 기뻤다. 단운비가 처음으로 자신의 속마음을 조금이나마 드러냈기 때문이다.

"대천회에는 풍우문 제자들을 보내라."

그때 단운비가 돌아서지 않은 채 조용히 말했다.

"그것은……."

"네가 대천회에 잠입을 해서까지 알아낼 것은 없다. 지금은 단지 무풍당주에게 실토받은 것들을 확인만 하면 되니까 풍우문 제자들을 그곳에 두어 감시를 시켜라."

"알겠습니다."

"청산 네가 없으면 내가 불편하다."

단운비는 그 말을 끝으로 입을 다물었다.

청산은 그 말을 듣고 울컥하고 가슴 밑바닥에서 뜨거운 것이 치솟는 것을 느꼈다.

평소의 단운비는 자신의 감정을 거의 겉으로 드러내지 않는 사람이다.

그런 그가 그런 말을 했다는 것은, 청산을 그림자처럼 여긴다는 뜻이었다.

그리고 조금 전처럼 쓸데없는 일로 자신의 곁을 떠나지 말라는 뜻이다.

청산은 단운비가 코흘리개 때부터 지켜봐 왔었지만 그가 그런 식의 정감 어린 말을 어느 누구에게도 하는 것을 본 적이 없었다.

청산은 그 자리에 무릎을 꿇고 조용히 이마를 바닥에 댔다. 그는 마음속으로 새삼스럽게 단운비에 대한 충성을 다졌다.

*　　　*　　　*

"이분은?"

예소약은 독고연지가 건네준 다 낡아서 너덜너덜한 전신 한 장을 보면서 고개를 갸웃거렸다.

전신의 초상화가 매우 낡아서 흐릿하지만 예소약에겐 매우 낯이 익은 얼굴이다.

독고연지가 혹시나 하는 마음에 단운비의 십칠 세 때 전신을 예소약에게 보여준 것이다.

그런데 그녀가 뜻밖에도 아는 듯한 반응을 보이자 독고연지는 조금 긴장했다.

"그 사람을 본 적이 있나요?"

그렇게 묻는 독고연지의 목소리가 약간 떨렸다.

이제까지 많은 사람들이 전신을 보고는 마치 자신이 알고 있는 사람처럼 반응을 했었으나 확인한 결과는 전혀 다른 사람이었다.

하지만 지금은 그때와 다르다. 이곳은 독고연지가 얼마 전에 단운비를 직접 목격한 항주성이다. 그리고 항주성 토박이인 예소약이 아는 사람인 듯한 반응을 보인다면 맞을 확률이 높은 것이다.

독고연지의 물음에 예소약은 조금 자신없는 듯한 표정을 지었다.

"닮기는 했는데 내 알고 있는 그분은 이 그림보다 더 성숙한 분이에요."

독고연지는 예소약 곁으로 조금 더 바짝 바투 앉았다.

"이 그림은 그분의 어린 시절이에요. 지금은 사 년이 지났으니까 이십일 세가 되셨을 거예요."

"그런가요?"

그 말에 예소약은 탁자 위에 놓인 전신을 다시 한 번 앞으로 바짝 끌어당겨 자세히 들여다보았다.

독고연지는 기대가 현실로 한 걸음 더 다가서는 느낌을 받으며 예소약의 얼굴을 빤히 바라보았다.

슥—

"그렇다면 그분이 틀림없어요."

이윽고 예소약은 전신을 밀어내면서 허리를 펴며 자신있는 말투로 입을 열었다.

"이분은 해룡신이에요."

"해룡신?"

독고연지는 깜짝 놀라는 표정을 지었다. 그녀는 단운비를 찾아서 천하를 헤매면서, 그리고 항주성에 올 때마다 해룡신에 대한 소문을 귀가 따갑게 들었었다. 하지만 정작 그를 직접 볼 기회는 한 번도 없었다.

"창천해상단의 총태두이신 해룡신 말이에요. 언니는 들어본 적 없나요?"

"들어봤어요. 그런데 이 전신에 있는 사람이 해룡신이 틀림없나요?"

예소약은 힘있게 고개를 끄덕였다.

"언니가 찾는 사람이 이 전신의 그림보다 서너 살 많다면 해룡신이 분명해요."

"아……."

독고연지는 한숨 같은 탄성을 흘렸다. 길고도 길었던 험난한 여정이 이제야 막을 내리는 듯한 느낌이 들었다.

그녀가 서둘러 문 쪽으로 향하자 예소약이 물었다.

“언니, 어디 가세요?”

이 두 여자는 며칠 사이에 급속도로 가까워졌다. 독고연지가 예강조의 암살에 대해서 많은 것들을 밝혀준 것이 계기가 되었다.

거기에 독고연지의 자상하고 포근한 성격과 예소약의 외로움이 가미되면서 불과 며칠 사이에 십년지기처럼 가까운 사이가 돼버린 것이다.

“해룡신에게 가요.”

독고연지는 멈추지 않고 문을 열면서 대답했다. 누가 보더라도 그녀가 지나치게 서둘고 있는 것이 확연했다.

예소약이 그녀의 옷자락을 붙잡았다.

“왜 해룡신을 찾는지 말해주세요.”

“그는……”

독고연지는 머뭇거렸다. 그가 자신의 정혼자라는 사실을 밝히게 되면, 그의 친실한 신분과 자신의 신분까지도 말할 수밖에 없기 때문에 망설이는 것이다.

그러나 독고연지가 머뭇거리는 것을 보고 예소약은 상큼하게 미소를 지었다.

“나중에 들을게요.”

그녀는 독고연지와 함께 방을 나섰다.

“그렇지 않아도 소매도 조만간 해룡신을 한 번 만날 생각이었어요.”

“왜…….”

단운비가 해룡신이 거의 확실하다는 사실을 알고 나서부터는 독고연지는 정신이 반쯤 나간 사람 같았다.

조금 전까지만 해도 그녀는 예소약의 말뜻을 즉시 알아차렸을 것이다. 잠깐 사이에 그녀는 보통 사람보다 더 바보가 되어버렸다.

그만큼 단운비는 그녀에게 중요한 사람인 것이다.

“언니도 참, 암살자들의 동향을 추적하려면 강소성과 절강성의 주루와 객잔들을 알아봐야 한다고 말해준 사람은 언니였잖아요.”

“아…….”

“그래서 동해안 일대에 지부를 가장 많이 갖고 있는 창천해상단에 도움을 구해야겠다고 말했었잖아요.”

“그랬던가요?”

“그랬던가, 요라니… 언니도 참.”

예소약은 어이없어하다가 말끝을 흐렸다. 독고연지의 눈빛이 흐릿하면서 꿈을 꾸는 듯 몽롱하고, 뺨이 발그레 상기된 것을 발견했기 때문이다.

‘도대체 언니와 해룡신은 무슨 관계지?’

예소약은 독고연지와 나란히 걸으면서 고개를 갸웃거리며 그녀를 살펴보았다.

＊　　　＊　　　＊

세 번째 암살은 절강성 위쪽 산동성에서 일어났다.

이번에는 이틀에 걸쳐서 대거 여덟 명이 예전 첫 번째와 두 번째하고 비슷한 수법으로 암살당했다.

강소성이나 절강성하고는 달리 산동성에는 무림의 방, 문파들이 매우 많다.

중원에서 무림이 가장 활성화된 곳을 꼽으라면 단연 하남성이 첫손가락이다.

오죽하면 오래전부터 하남성을 '중원' 이라고 불렀겠는가. 옛날에는 '중원' 이라고 하면 당연히 하남성을 가리키는 말이었다.

하남성을 중심으로 구대문파가 밀집되어 있고, 그래서 예로부터 무림의 수많은 대문파 대방파들이 하남성에 앞 다투어 터를 잡았었다.

하남성 다음으로 꼽자면 장강과 한수(漢水)가 만나는 무창성을 품고 있는 호북성과 황도(皇都) 북경성이 있는 하북성을 친다.

그다음이 산동성이고, 그 뒤로 산서성(山西省)과 섬서성(陝西省), 호남성, 안휘성, 강소성, 절강성, 운남성, 감숙성, 복건성, 귀주성의 순서로 무림이 활성화되어 있다.

세 번째로 일어난 무려 여덟 건의 살인 사건으로 산동무림은 발칵 뒤집혔다.

강소성과 절강성의 여섯 건의 암살 사건이 알려져 있는 상황에서의 암살이기에 산동무림에서는 눈에 불을 켜고 암살자들을 찾아나섰다.

그런데 그것을 비웃기라도 하듯 세 번째 암살 사건이 벌어진 지 이틀 뒤에 다시 산동성에서 네 번째 암살이 벌어져서 네 명이 죽임을 당했다.

완벽하게 허를 찔렸다. 나흘 동안 산동무림의 내로라하는 명숙(名宿)들이 열두 명이나 귀신 같은 암살자들에게 살해당한 것이다.

그런데 첫 번째 암살 사건으로 발칵 뒤집혔던 산동무림이 이번에는 반대로 쥐 죽은 듯이 조용해졌다.

두 번의 암살 사건이 연속적으로 벌어지면 산동무림이 벌집을 쑤셔놓은 것처럼 들끓어야 하는데, 첫 번째와 두 번째의 반응은 천양지차였다.

원래 정파가 주도권을 잡고 있던 산동무림은 암살자에 대해서 발 빠르게 대처를 개시했다.

그리고 그것은 침묵 속에서 고요히 진행되었다.

第四十一章

독고연지와 해룡신

풍림화산

　단운비는 풍우문에서 이틀을 보낸 후 자미령과 자중곤 부녀를 데리고 창천장으로 향했다.

　그때까지도 가짜 단주는 무풍당주 이하 열 명이 제천방에서 죽었거나 제압당한 사실을 까맣게 모르고 있었다.

　단운비가 풍우문에서 이틀 동안 자미령 부녀를 데리고 있었던 데에는 그만한 이유가 있다.

　그 이틀 사이에 혹시 대천회에서 가짜 단주에게 어떤 형태로든 접촉이 있지 않을까 하고 감시를 하기 위해서였다.

　그런데 청산의 보고에 의하면, 가짜 단주는 단운비가 제천루에 잠입하여 무풍당주를 제압하기 한나절 전에 그를 잠시

만나러 간 것 말고는 창천장에서 한 발자국도 밖으로 나가지
않았다는 것이다.

그로 미루어 대천회는 창천해상단을 완전히 장악했다 여
기고 방치하는 것이 분명했다.

가짜 단주가 창천해상단을 해체하겠다고 최후 통보한 사
흘의 기한은 오늘로서 마지막이다.

단운비는 창천 본전에 가짜 단주 이하 대상두들이 모두 모
여 있다는 상두의 말을 전해 듣고 자미령과 자중곤을 데리고
창천 본전 대전 입구로 향했다.

단운비를 뒤따르는 자중곤은 평범한 황의를 입고 얼굴을
완전히 덮는 방갓을 깊숙이 눌러쓴 모습이었다. 누가 봐도 자
중곤이라고는 생각하지 않을 것이다.

저벅저벅.

넓은 대전에는 수십 명이 모여 있지만 단운비 일행의 발자
국 소리만 간단없이 공허함을 깨고 있었다.

가짜 단주는 대전 한가운데로 똑바로 걸어 들어오는 선두
의 단운비를 보면서 슬쩍 눈살을 찌푸리더니 그의 자리를 가
리키며 엄한 목소리로 말했다.

“자리에 앉아라.”

원래 단주 자중곤은 단운비에게 그런 식으로 거칠게 말하
지 않는다.

자신이 갖고 있는 모든 것을 단운비에게 다 주어도 아깝지

않다고 여기기 때문에 그저 바라보는 것만으로도 얼굴에 웃음이 가득했었다.

그런 가짜 단주를 보면서 좌중의 대상두들은 이상하다고 생각하면서도 설마 단주가 가짜일 것이라고는 꿈에도 모르고 있었다.

단운비와 자미령은 가짜 단주에게 예를 취하지도 않은 채 좌우로 갈라져서 각자 자신의 자리에 앉았다.

그리고 가짜 단주가 앉은 단상의 태사의 앞에는 방갓을 눌러쓴 자중곤 혼자 우뚝 서 있게 되었다.

가짜 단주는 단운비와 자중곤을 번갈아 보면서 이맛살을 잔뜩 찌푸리며 내뱉었다.

"이자는 뭐냐?"

단운비에게 묻는 말인데 수하를 부리는 듯한 말투다. 이 일을 맡은 무풍당주는 창천해상단의 외형만 조사하고 내면은 조사하지 않은 것이 분명했다.

단운비는 대답하지 않고 앞의 탁자에 놓인 찻잔을 들고 입으로 가져갔다.

가짜 단주를 무시하는, 아니, 아예 그라는 존재가 없는 듯한 행동이었다.

가짜 단주의 인상이 확 일그러졌다.

그가 단운비에게 뭐라고 소리치려 할 때 자중곤이 천천히 방갓을 벗었다.

“헛?”

“아니? 단주!”

“앗! 단주가 두 명이다!”

자중곤의 모습이 드러나자 대상두들은 놀라서 한꺼번에 소리쳤다.

태사의에 단주가 버젓이 앉아 있는데, 또 한 명의 단주가 나타났으니 놀라는 것은 당연하다.

그러나 가장 놀란 것은 가짜 단주다. 그는 크게 당황해서 잠시 어쩔 줄 모르고 표정이 여러 차례 변했다. 그가 보기에 눈앞에 서 있는 단주가 진짜가 분명했다.

그러나 그는 곧 정신을 수습하더니 자중곤을 가리키며 버럭 소리를 질렀다.

“저놈은 가짜다! 죽여라!”

가짜라면 제압을 해서 자초지종을 따져볼 일이지, 무조건 죽이라는 명령이다. 하지만 아무도 그의 명령에 따르는 사람이 없다.

가짜 단주는 자신의 뒤 양쪽에 서 있는 두 명의 고수를 뒤돌아보며 화를 벌컥 냈다.

“이놈들아! 죽이라는 말을 듣지 못했느냐?”

단주다운 말투와 행동이 아니라도 상관이 없다는 막가는 식이었다.

그러나 두 명의 고수, 즉 사천존 휘하 무풍당 제삼향 소속

의 두 고수는 뻣뻣하게 선 채 전면의 허공만 주시하고 있을
뿐이었다.

툭! 툭!

퉁! 퉁!

다음 순간 느닷없이 그들의 목이 잘라져서 바닥으로 떨어
지더니 떼구루루 굴렀다.

그들의 목은 가짜 단주, 아니, 삼향주가 명령을 내리기도
전에 이미 잘려져 있었던 것이다.

"으헛!"

삼향주는 소스라치게 놀라 벌떡 튕기듯이 일어났다.

스웃— 척!

그때 천장 바로 아래 서까래에서 하나의 그림자가 아래로
쏜살같이 하강하더니 삼향주 앞 반 장 거리 바닥에 우뚝 내려
섰다.

"엇?"

삼향주는 움찔 놀라서 뒤로 한 걸음 물러서며 본능적으로
오른손을 어깨로 가져갔다.

하지만 어깨에는 검이 없다. 가짜 단주 행세를 하려고 검을
풀어놓은 것이다.

아차 하는 순간 눈앞에서 무언가 어른거렸다.

푹!

번뜩이는 검 한 자루가 그의 미간에 깊숙이 꽂혔다가 뒤통

수 쪽으로 한 뼘이나 빠져나왔다.

그러더니 곧 검첨에서 새빨간 피가 주르르 흘러 바닥을 붉게 물들였다.

삼향주는 입을 쩍 벌리고 자신의 미간을 찌른 사람을 쳐다보았다.

그의 앞에서 검을 쭉 뻗고 있는 사람은 이십대 중반의 나이로 보이는 당당한 체구의 청년이었다.

"넌… 누구냐……?"

쑥!

청년은 가볍게 검을 뽑으면서 중얼거렸다.

"가짜를 죽이는 사람이다."

"가짜를… 죽… 이… 는……."

삼향주의 몸이 뒤로 스르르 묵직하게 넘어가면서 미간과 뒤통수에서 피가 확 뿜어지더니 바닥으로 나뒹굴었다.

꿍!

가짜 단주와 두 명의 고수가 죽어 자빠져 있고, 실내에는 역한 피비린내가 진동했다.

좌중에는 질식할 것 같은 고요가 흘렀다.

그때 옆문에서 여러 명의 상두와 상보사들이 커다란 새 태사의를 들고 총총히 들어와서 가짜 단주가 앉았던 피가 묻은 태사의와 교체를 했으며, 재빠른 솜씨로 시체들을 떠메고 나갔다.

자중곤이 천천히 단상 위로 올라가 태사의에 좌정하자 모두의 시선이 그에게 집중되었다.

방금 일어난 상황으로 대상두들은 일이 어떻게 된 것인지 대강 짐작했으나 아무도 입을 열지 않았다. 너무 큰 충격 때문이었다.

자중곤 뒤에는 청산이 태산처럼 버티고 서 있었다. 모두들 그가 가짜 단주와 두 명의 고수를 죽이는 광경을 목격했기 때문에 저절로 긴장이 되어 몸을 꼿꼿하게 세우고 숨소리마저 낮추었다.

이윽고 자중곤은 평소처럼 담담한 표정으로 입가에 넉넉한 미소를 지으며 입을 열었다.

"내가 납치된 사이에 가짜 단주가 며칠 동안 해괴한 짓을 꾸미려고 했으나 총태주가 깨끗하게 해결을 했으니 모두들 평소처럼 단 내의 일에 전력을 다하라."

일이 어떻게 돌아가는 것인지 초조한 표정이던 대상두들은 자중곤의 말에 비로소 환한 표정이 되었다.

그들은 총태두 단운비를 쳐다보면서 '과연 총태두이시다!'라는 표정을 지었다.

그때 자중곤이 조금 전하고는 약간 달라진 엄숙한 목소리로 말했다.

"한 가지 발표할 것이 있다."

모두의 시선이 다시 자중곤에게 쏠렸다.

“이번 기회에 나는 단주 자리에서 물러나려고 한다.”

그것은 가짜 단주가 창천해상단을 해체하겠다는 말보다 더 충격적인 말이었다.

“단주, 어이해…….”

“아직 정정하신데 너무 이릅니다, 단주.”

대상두들이 분분히 이의를 제기하고 나섰다.

그러나 자중곤은 손을 들어 저으며 가볍게 일축시켰다.

“이번에 큰일을 겪고 나니까 내가 늙고 힘이 없다는 사실을 절실하게 느끼게 되었다. 내가 계속 단주 자리에 앉아 있으면 그런 일이 또 발생할지도 모른다. 그렇게 되면 나는 대처할 능력이 없기 때문에 본 단이 파탄나게 될 터다. 그것을 방지하기 위해서 차제에 용단을 내려 물러나려는 것이다.”

그의 말은 너무도 사리에 맞아서 대상두들은 아무도 반박하지 못했다.

자미령은 당황한 얼굴로 좌불안석이었다. 자중곤이 물러난다면 당연히 무남독녀인 그녀가 단주를 계승해야만 한다.

하지만 그녀는 이제 겨우 이십 세에 불과하다. 중원삼대상단의 하나인 창천해상단의 단주를 맡기에는 나이로나 경륜으로나 턱없이 부족하다는 것을 그녀 자신이 누구보다도 잘 알고 있다.

“아버지, 나는…….”

그녀가 몸을 일으키면서 말하려는데 자중곤이 그녀의 말

을 끊었다.

"총태두를 새 단주로 임명한다."

자중곤은 조용한 목소리로 말했으나 모두에게는 벼락처럼 크게 들렸다. 그 말이 담고 있는 내용 때문이었다.

단운비는 움찔 표정이 변해 자중곤을 쳐다보았다.

자미령과 대상두들은 크게 놀라 안색이 변했다.

무림의 방, 문파든, 백성들의 가업이든, 그리고 상단 같은 것들은 원래 직계가족에게 물려주는 것이 상례이기 때문에 자중곤의 결정은 가히 이례적이라고 할 수 있었다.

그러나 놀라는 것도 잠시, 자미령과 대상두들은 곧 더없이 기쁜 표정을 지으며 여출일구(如出一口) 합창했다.

"무조건 찬성합니다!"

함성이 대전과 지붕을 들썩이게 만들었다.

자중곤은 너털웃음을 터뜨렸다.

"헛헛헛! 이 녀석들은 나보다 총태두를 더 좋아하는군!"

"죄송합니다, 단주. 아니, 전대(前代) 단주."

"저희는 두 분 다 좋아합니다."

대상두들은 싱글벙글하면서 한마디씩 너스레를 떨었다.

사실 자중곤이 단주로 있지만 실질적인 일 처리나 계획, 명령 같은 것들은 모두 단운비에게서 나오기 때문에 그가 창천해상단의 실권자라고 할 수 있었다. 그 뼈대에 이제 '단주'라는 옷이 입혀지는 것이다.

그러나 정작 당사자인 단운비는 조금도 기뻐하지 않았다.

그도 그럴 것이, 그는 할 일이 태산 같은데 거기에 창천해상단주까지 되면 손발이 꽁꽁 묶여 버리기 때문이다.

그는 가볍게 찌푸린 얼굴로 뭔가 생각하는 듯하더니 이윽고 얼굴을 펴고 천천히 일어났다.

이어서 자중곤에게 정중히 포권하면서 결곡한 어조로 입을 열었다.

"꼭 그래야 하신다면 제가 창천해상단을 떠나겠습니다."

그야말로 태산이 무너지는 선언이다. 자미령과 대상두들은 혼비백산해서 안색이 급변했다.

"아버지! 방금 하신 말씀을 철회하세요! 우리는 운비 오빠 없이는 아무것도 할 수 없어요!"

자미령이 발딱 일어나 두 주먹을 부르쥐고 외치는데 두 눈에는 어느새 눈물이 고여들었다.

그녀는, 아니, 창천해상단 사람들은 단운비가 한 번 말을 꺼내면 꼭 실행에 옮긴다는 사실을 알고 있기 때문에 잔뜩 겁을 먹은 것이다.

그러나 자중곤은 표정조차 변하지 않고 단호하게 말했다.

"자네가 떠난다면 창천해상단을 해체하겠다. 자네 없는 창천해상단은 아무런 의미가 없네."

순간 모두의 얼굴이 하얗게 질려 버렸다. 이번에는 단운비마저도 놀란 표정을 지었다. 설마 자중곤이 그렇게까지 나올 줄을 몰랐던 것이다.

자중곤은 느긋한 표정으로 득의한 미소까지 지은 채 '자, 이제 어떻게 할 텐가?' 라는 듯 단운비를 쳐다보았다.

단운비는 고뇌했다. 총태두를 그만두는 것은 오히려 홀가분한 일이다.

하지만 창천해상단을 해체하면 대상두와 상두, 상보사들까지 무려 만 이천여 명에 이르는 사람들이 졸지에 일자리를 잃을 것이다.

그뿐이 아니고, 거기에 입을 붙이고 사는 가족들까지 치면 수만 명이 생계를 걱정해야만 할 판국이다.

단운비가 아무리 배짱이 좋아도 그렇게 많은 사람들을 구 렁텅이로 몰아넣을 수는 없었다.

자중곤은 단운비를 묵묵히 쳐다보았다. 할 테면 해봐라, 라 는 표정이었다.

그는 지금 단운비에게 실없는 소리를 하는 것이 아니다. 그 로서는 많은 생각을 거듭한 끝에 내린 결론이다.

창천해상단은 너무 커져 버렸다. 그렇게 크게 만든 일등 공 신이 바로 단운비다.

그러므로 그가 없이는 창천해상단은 단 며칠도 버티지 못 하고 돛을 잃은 배처럼 갈팡질팡하게 될 것이다.

더구나 창천해상단은 현재도 하루가 다르게 눈덩이처럼

점점 더 커지고 있었다.

그것 역시 단운비가 중원 곳곳에, 그리고 외국에 벌여놓은 갖가지 사업들이 번창하고 있기 때문이다.

그래서 자중곤은 단지 지위뿐인 단주로 앉아 있는 것만으로도 힘에 부친다.

이제 그는 쉬고 싶다. 또한 그는 자신이 이처럼 거대한 상단을 운영할 만한 자격도, 배포도 없다는 것을 잘 알고 있었다. 일을 그르치기 전에 한시바삐 물러나고 싶은 것이다.

그리고 그가 단운비에게 창천해상단을 물려주려는 더 큰 이유가 하나 있었다.

기실 그를 사윗감으로 묶어두려는 것이다. 무남독녀인 자미령은 단운비라면 죽고 못 사는 처지다.

자중곤이 보기에 단운비 역시 그녀를 싫어하지 않는 것 같으니, 차제에 아예 두 사람을 혼인시켜 주려는 의도가 바탕에 다분히 깔려 있었다.

"음. 한 가지 조건이 있습니다."

결국 단운비는 한 걸음 양보할 수밖에 없었다. 그는 무거운 어조로 입을 열었다.

"말해보게."

한풀 꺾인 단운비를 보고 자중곤은 속으로 옳거니! 쾌재를 불렀으나 겉으로는 '어디 들어나 보자' 라는 식으로 심드렁하게 말했다.

"단주께서 태상단주(太上團主)로 계서 주십시오."

실로 시기적절한 타협안이다. 자중곤이 태상단주가 되면 사람들을 만나는 것이나 접대, 각계의 인사들과 교류 등 골치 아프지만 꼭 치러야만 하는 대외 업무는 그가 맡아야 하는 것이다.

반면에 단운비는 여태까지처럼 단 내의 대내 업무만 총괄하면 되는 것이다.

"들어주지 않으시면 떠나겠습니다."

단운비도 아예 못을 박았다. 해체할 테면 마음대로 하라는 식이다.

실내에는 숨소리조차 들리지 않았다. 모두들 극도로 긴장해서 단운비와 자중곤만 주시했다.

거인들이 두는 바둑알 하나에 자신들의 운명이 걸려 있기 때문이다.

그중에서도 자미령은 두 손을 가슴에 모으고 더없이 초조한 표정으로 단운비와 자중곤을 번갈아 쳐다보았다.

이 년여 전 어느 날, 바다에서 건진 한 사내를 알게 된 이후부터 오로지 그만 바라보면서 울고 웃는 해바라기가 되어버린 그녀다.

이제 곧 내려질 결정에 따라서 그녀도 자신의 운명을 결정해야 한다.

만약 단운비가 떠나면 그녀도 떠날 것이다. 물론 단운비를 따라가는 것이다.

그가 어딜 가든, 땅 끝까지라도 따라갈 각오가 이미 오래전
부터 서 있었다.

"알겠네."

한참 만에 자중곤이 할 수 없다는 듯 고개를 끄덕이며 대답
했다.

그러자 좌중의 여기저기에서 안도의 한숨이 한꺼번에 흘
러나왔다.

문득 자미령이 자중곤을 쳐다보자 그는 의미심장한 미소
를 지으면서 가볍게 고개를 끄덕여 보였다.

하지만 자미령은 부친이 무슨 꿍꿍이를 품고 있는지 조금
도 알아차리지 못했다.

단운비는 창천장 내 자신의 집무실 겸 거처인 해룡전에서
업무를 보고 있었다.

그는 할 일을 미뤄두는 성격이 아니다. 오히려 짧으면 열흘
에서 길면 서너 달 후의 일까지 미리 차곡차곡 계획을 세워두
는 습관이 있었다.

그의 업무는 대부분 계획을 세우는 것과 결재다.

단운비가 일을 하고 있는 동안 대상두들이 끊임없이 드나
들어 결재를 받고 지시를 받았다.

그러는 동안에 자미령은 한옆에 앉아서 탁자에 턱을 괴고

말끄러미 단운비를 바라보고 있었다.

그를 보고 있으면 먹지 않아도 배가 부르고, 자지 않아도 피곤하지 않은 그녀다.

"소단주."

대상두들이 더 이상 들어오지 않고 조금 한가해지자 단운비가 자미령을 불렀다.

"네! 운비 오빠!"

자미령은 기다렸다는 듯이 종달새처럼 대답하며 쪼르르 그에게 달려와 무릎에 찰싹 앉았다.

"심심하오?"

"네. 너무 심심해서… 아, 심심하지 않아요."

단운비의 물음에 그녀는 태연히 대답하다가 깜짝 놀라서 마구 손사래를 쳤다.

"그렇소?"

단운비는 고개를 끄덕이며 하던 일을 계속했다.

탁!

그러자 자미령은 그가 펼쳐 놓은 장부를 덮고 나서 일어나더니 그와 마주 보는 자세로 무릎 위에 앉아서 두 팔로 그의 목을 감고 앙탈을 부리듯이 말했다.

"아이~ 왜 심심하냐고 물었는지 말해줘요~"

단운비는 그녀를 보며 조용히 말했다.

"나는 소단주가 매우 총명한 사람이고 단의 일에 관심이 많다는 사실을 잘 알고 있소."

갑작스런 칭찬에 자미령은 얼굴이 새빨개져서 고개를 숙였다. 그러면서도 그의 목에 감은 팔은 풀지 않았다.

그녀는 단운비의 한마디에 일희일비할 정도로 민감하고 부끄러움을 잘 타면서도, 그와 직접적인 신체 접촉을 하는 것은 아무렇지도 않은 듯했다.

"그래서 소단주에게 하나의 지위를 줄까 하오."

"네? 무슨 지위인데요?"

"본 단의 총태두를 맡아달라는 것이오."

"……."

자미령의 얼굴에 놀라움이 번졌다. 단운비의 얼굴과 반 뼘도 되지 않는 거리에 있는 그녀의 얼굴에서 화끈한 열기가 느껴졌다.

두 사람의 얼굴은 너무 가까워서 서로의 숨결이 느껴지고, 또 입 냄새까지 생생하게 전해지고 있었다.

또한 자미령은 다리를 활짝 벌리고 단운비와 마주 보고 앉아 있었기 때문에 그녀의 은밀한 부위로 그의 음경을 느낄 텐데도 그런 것은 조금도 부끄러워하거나 의식하지 않았다.

단운비는 목석이나 다름이 없는 사람이다. 그는 여자로 느끼지 않는 여자에게는 조금도 욕정을 느끼지 못한다.

그는 한소진을 처음 만났을 때 음경이 발기하여 애를 먹었던 적이 있었다.

하지만 자미령하고는 아무리 몸을 부대껴도 추호도 그런 마음이 생기지 않았다.

어쩌면 그것은 너무도 절제된 그의 깊은 수양심 때문일 것이다.

또한 오직 한 여자에게만 열려 있는 그의 사랑과 정열도 큰 작용을 하고 있을 터이다.

"저는 그럴 만한 능력이 없어요. 운비 오빠가 누구보다 잘 아시잖아요."

자미령은 고개를 살래살래 가로저으며 그런 말 하지 말라는 표정을 지었다.

"소단주는 줄곧 내 곁에서 생활하면서 내가 어떻게 일을 처리하는지 잘 지켜봐 왔소. 그러니까 어느 누구보다도 나를 더 잘 보좌할 수 있을 것이오."

'보좌'라는 말에 자미령의 눈이 반짝 빛났다.

"제가 운비 오빠를 보좌하는 것인가요?"

"그렇소. 내가 단주니까 총태주가 나를 보좌하는 것은 당연하지 않겠소?"

"그럼 할래요."

총태두는 창천해상단 사십 명의 대상두와 육백 명의 상두, 그리고 만 이천 명의 상보사들의 총우두머리다.

단운비는 자미령에게 총태두의 지위를 맡겨 그녀를 잘 가르쳐서 장차 창천해상단을 이끌도록 하려는 것이다.

언젠가 그는 이곳을 떠나야 할 날이 올 것이다. 그때가 되면 다시 원래의 주인인 자중곤이나 자미령이 창천해상단을 이끌어야 한다.

그런데 자중곤이 은퇴를 선언한 상태이므로 자미령을 선택한 것이다.

"잘 생각했소. 이제부터 잘 보고 배우시오."

"네! 운비 오빠!"

자미령은 꾀꼬리처럼 대답하고서는 그의 가슴에 얼굴을 묻고는 즐겁게 까득거렸다.

*　　*　　*

청산은 무엇인가를 발견하고 우뚝 걸음을 멈추었다.

'저 여자는?

그는 반사적으로 전각 모퉁이 안쪽으로 재빨리 몸을 숨겼다. 그러면서도 방금 발견한 어떤 여자에게서 시선을 떼지 않았다.

그의 시선은 삼십여 장쯤 떨어진 창천장 전문 안쪽에 고정되어 있다.

지금 그곳으로는 경장 차림에 어깨에 검을 멘 두 소녀가 나란히 걸어 들어오고 있었다.

　그녀들은 다름 아닌 벽검궁에서 단운비를 만나러 온 독고연지와 예소약이었다.

　청산이 눈도 깜빡이지 않고 주시하고 있는 여자는 독고연지다. 그녀가 누군지 알고 있기 때문이다.

　'천절미화 독고연지!'

　그는 오 년 전에 신룡문주를 수행하고 금검보에 갔다가 독고연지를 본 적이 있었다.

　단 한 번 봤을 뿐이지만, 그리고 그 당시 그녀의 나이가 십사 세에 불과했었지만, 그녀의 미모가 너무도 절미(絶美)해서 잊으려야 잊을 수가 없었던 것이다.

　그녀의 모습을 기억하고 있는 것은 청산의 본의가 아니다. 그냥 그녀를 한 번 본 순간 그녀의 아름다운 모습이 머릿속에 인두로 지진 화인(火印)처럼 뚜렷하게 새겨져 버렸던 것이기 때문에 그로서는 어쩔 수가 없었다.

　물론 그 당시에 독고연지는 청산을 보지 못했다. 청산을 포함한 신룡삼풍영은 절대로 사람들 앞에 모습을 드러내지 않기 때문이다.

　독고연지가 자신을 알아보지 못할 것이라는 사실에 생각이 미친 청산은 비로소 전각 모퉁이 밖으로 나와 원래 가던 방향으로 걸음을 옮기기 시작했다.

　그는 지금 풍우문으로 가기 위해서 창천장 전문으로 가는 중이었다. 그렇기 때문에 두 소녀를 향해서 걸어가는 상황이 되었다.

'금검보 소보주가 여긴 왜 온 것인가?'

청산은 단운비와 독고연지가 오래전에 정혼했다는 사실을 알고 있었다.

그리고 그 정략적인 혼인 때문에 단운비가 거짓으로 난봉꾼에 파락호가 되었다는 사실도.

사실 단운비의 운명을 뒤바꿔 버린 것은 그 정략혼인 때문이라 할 수 있다.

그것만 아니었으면 지금쯤 단운비는 신룡문의 소문주로서 가장 빛나는 삶을 살고 있을 터이다.

청산은 바짝 긴장했다.

'우연히 온 것인가? 아니면 이곳에 주군이 계시다는 사실을 알고 만나려고……."

규칙적으로 걸어가는 청산의 머리가 빠르게 회전했다. 그러나 오래 생각할 것도 없다.

제일감은 독고연지가 단운비를 보게 해서는 안 된다는 것이다.

단운비는 신룡문이나 금검보에는 이미 잊혀진 존재다. 그러므로 무슨 수를 써서라도 무조건 막아야만 한다.

청산은 두 소녀를 향해 곧장 걸어갔다. 그는 독고연지와 나란히 걸어오고 있는 예소약도 알고 있었다.

삼 년여 전에 단운비가 시랑을 죽인 직후 실종됐을 때, 청산은 항주성 일대를 샅샅이 뒤지는 와중에 개방 항주 분타와 벽검궁, 제천방 등을 찾아갔었다.

그 당시에 그는 그들에게 신룡문주가 강림한 것이나 다름없는 위력을 지닌 신룡무상패(神龍無上牌)를 내보이며 단운비를 찾아낼 것을 명령했었다.

삼 년여 전에 단운비가 나락으로 떨어져서 거지 중에서도 상거지 꼴로 항주성을 헤매고 다닐 때, 예소약은 본의 아니게 그를 괴롭힌 적이 여러 차례 있었다.

그리고 벽검궁은 그를 개처럼 두들겨 패서 구덩이에 내다 버려 함박눈 내리는 엄동설한에 얼어죽도록 방치했었다.

청산은 그녀가 그토록 괴롭혔던 상거지가 바로 신룡문의 소문주라고 호통을 쳤었다.

그래서 예소약은 새파랗게 질려서 눈물을 쏟으며 자신의 행동을 뉘우쳤었다.

지금 예소약은 청산을 알아보지 못할 것이다. 그 당시에 청산은 너무 경황이 없어서 반쯤은 거지꼴을 하고 돌아다녔기 때문이다.

예소약이 알고 있는 것은 한 명의 거지가 신룡문의 소문주라는 것과 또 한 명의 거지가 벽검궁을 발칵 뒤집어놓았다는 사실뿐이다.

어느덧 청산은 두 소녀의 이 장 앞까지 걸어가고 있었다.

　그는 이미 어떻게 할 것인지 결정을 내린 상태다. 잔머리는 쓰지 말고 정면으로 치고 나가는 정공법(正攻法)을 선택한 것이다.

　독고연지는 강북에서 가장 머리가 좋다는 신룡문 소문주 단운비와 곧잘 비교될 만큼 탁월한 두뇌의 소유자다.

　그런 그녀 앞에서 어설픈 잔머리를 굴리다가 낭패를 당하느니 에두르지 말고 아예 정면승부를 하려는 것이다.

　독고연지와 예소약은 창천장 전문을 지키는 창천호위대원, 즉 창천호위(蒼天護衛) 한 명의 안내를 받고 있었다.

　두 소녀와 창천호위 모두 청산의 얼굴을 모른다. 창천장에는 워낙 많은 사람들이 드나들기 때문에 청산도 그중 한 사람쯤으로 여길 터이다.

　거리가 일 장으로 가까워졌을 때 청산은 슬쩍 독고연지를 쳐다보았다.

　그 순간 그가 느낀 것은 단 하나, 독고연지가 뭐라 설명할 수 없을 정도로 아름답다는 사실뿐이다.

　청산은 남들보다 정신무장이 잘돼 있고 수양심이 깊다. 그런데도 독고연지의 아름다움 앞에는 너무도 무력했다.

　청산은 천상에서 막 하강한 천신(天神)을 보는 듯한 착각에 빠졌다. 눈이 부셨고 머릿속이 텅 비었다.

　문득 그때 독고연지도 그를 바라보았다. 두 사람의 시선이 허공에서 마주쳤다.

그러자 독고연지는 하얀 얼굴에 보일 듯 말 듯 여린 미소를
지어 보였다.

무슨 뜻이 있는 것이 아니라, 오가다 마주친 사람에게 보이
는 예사 미소다.

그렇지만 청산은 심한 현기증을 느꼈다. 여자의 미소 따위
에 현기증이라니, 마음 한구석으로 그렇게 자신을 책망하면
서도 정신의 대부분은 어지러움 속으로 맹렬하게 파묻히고
있었다.

청산답지 않게 그는 그렇게 독고연지 곁을 부딪칠 듯이 스
쳐 지나갔다.

그리고는 지나치면서 독고연지에게 전음을 해야 한다는
사실조차도 망각해 버렸다.

[소보주, 잠깐 봅시다.]

그래서 그녀를 지나치고 나서야 서둘러 전음을 보냈다.

뚝!

독고연지는 걸음을 멈추고 천천히 뒤돌아보았다.

그녀의 두 눈이 가벼이 흔들렸으나 곧 평소의 표정을 되찾
았다.

그녀는 방금 스쳐 지난, 그리고 이미 삼 장쯤 멀어지고 있
는 청산의 뒷모습을 바라보았다.

그녀는 방금 전음을 보낸 사람이 청산이 틀림없다고 확신
했다. 하지만 방금 본 그의 얼굴은 생면부지였다.

그때 청산의 전음이 다시 그녀의 귓전을 울렸다.

[지금 즉시 향심정(香心亭)으로 오도록 하시오. 소보주 혼자 와야 하오.]

왜 오라는 것인지, 만약 오지 않으면 어떻게 할 것인지 일체 말이 없다.

하지만 독고연지는 그것이 협박보다 더 위력적이라는 사실을 경험을 통해서 알고 있었다. 진짜 뜨거운 물은 김이 나지 않는 법이다.

그녀를 오라고 한 자는 그녀를 '소보주'라고 불렀다. 그것은 그녀의 신분을 알고 있다는 뜻이다.

"왜 그래요, 언니?"

그녀가 갑자기 멈춰서 뒤돌아보자 몇 걸음 걸어간 예소약이 다시 되돌아오며 의아한 얼굴로 물었다.

독고연지는 청산이 전문을 나가는 것을 보고서야 시선을 거두며 잠시 생각했다.

해룡신을 만나는 것이 먼저인가, 아니면 전음을 보낸 자를 만나는 것이 먼저인가 하는 것이다.

만약 해룡신을 만나기 전에 알아둬야 할 것이 있으며, 그리고 그것을 전음을 보낸 자에게서 알아낼 수 있다면, 그자를 만나는 것이 먼저여야 한다.

해룡신은 지금이 아니더라도 만날 수 있으나, 전음을 보낸 자는 아니다.

또한 그의 말에 따르지 않으면 무슨 짓을 할지도 모른다. 무슨 짓이라고 해봐야 독고연지의 신분을 폭로하는 것 하나뿐이겠지만.

하나 그것은 그녀의 행동에 매우 큰 지장과 불편을 주게 될 것이다.

전음을 보낸 자가 그녀에게 해코지를 할 것에 대해서는 그다지 염려하지 않는다.

그자가 얼마나 고강한지는 모르지만, 독고연지를 어떻게 할 수는 없을 것이다.

이즈음의 그녀는 금검보의 절학을 거의 완벽하게 터득한 상태라서 부친의 칠성에 이르는 성취를 이루었다. 그것은 당금 무림에서 그녀를 어떻게 할 정도의 실력을 가진 사람이 그리 많지 않다는 뜻이었다.

그녀는 예소약의 손을 잡으며 부드럽게 말했다.

"소궁주 혼자 해룡신을 만나야겠어요. 나는 급한 일이 생겨서 잠시 어딜 좀 다녀와야겠어요."

예소약은 이해할 수 없다는 표정을 지었다. 해룡신을 만나려고 서둘렀던 사람은 독고연지였다.

그러나 예소약이 무슨 말을 하기도 전에 독고연지가 말을 이었다.

"일이 빨리 끝나면 소궁주가 해룡신을 만나고 있는 동안에 돌아올지도 몰라요."

그리고는 빠른 걸음으로 전문을 향해 걸어갔다.

"어, 언니."

당황한 예소약이 급히 부르자 독고연지는 뒤돌아보면서
손을 한차례 흔들어 보이고는 다시 빠르게 걸어갔다.

第四十二章

단운비는 죽었다

풍림화산

　해룡신의 거처인 해룡전 편좌방(便坐房:휴게실)으로 안내된
예소약은 바짝 긴장했다.
　항주성 거리에서 해룡신을 먼발치에서 몇 차례 보긴 했으
나 이렇게 대면하게 된 것은 처음이기 때문이다.
　우선 그녀는 편좌방의 규모에 압도당해 버렸다. 그녀의 방
을 열 개쯤 합쳐 놓은 것 같은 굉장한 넓이에, 그녀로서는 한
번도 본 적이 없는 진귀한 가구와 장식품들이 화려하게 장식
되어 있었다.
　그 한가운데 그녀는 오도카니 앉아서 해룡신이 들어오기
만 기다리고 있는 중이었다.

그런데 시간이 지날수록 마음이 놓이는 것이 아니라 긴장이 고조되고 있었다.

척!

그녀의 긴장이 최고조에 달했을 때 문이 열렸다.

그 바람에 화들짝 놀란 그녀는 자신도 모르게 자리에서 벌떡 일어나 문을 쳐다보았다.

문으로 들어선 사람은 그녀도 익히 알고 있는 해룡사위의 막내인 사위, 단홍이었다.

물론 예소약은 단홍이라는 이름을 알지 못하고 단지 얼굴만 알고 있을 뿐이다.

단홍은 예소약에게 눈길조차 주지 않고 문 안쪽에서 공손히 시립한 채 허리를 굽혔다.

십오 세 어린 나이에 자그마한 체구를 지녔으며, 작은 얼굴에 사슴처럼 커다란 눈과 빨간 입술, 능금처럼 발그레한 뺨이 너무도 귀여운 용모였다.

슥—

그때 열린 문으로 단운비가 성큼성큼 걸어 들어왔다.

예소약은 더욱 긴장해서 몸을 꼿꼿이 펴고 고개를 빳빳하게 세웠다.

단운비는 평소에 자신이 앉는 대나무 의자에 앉고 그 옆에 단홍이 다소곳이 섰다.

"앉으시오."

그는 탁자 맞은편을 가리키며 예소약을 쳐다보았다.

예소약은 너무 긴장한 나머지 비틀거리면서 다가가 의자에 앉았다.

"무슨 일로 나를 보자고 했소?"

단운비는 나직하고도 청아한 목소리로 말하고 예소약을 응시했다.

"소녀는……."

예소약은 최대한 조심스럽게 입술을 떼면서 단운비를 바라보다가 눈을 크게 뜨며 말을 잇지 못했다.

입으로는 한 번에 두 가지 내용의 말을 하지 못하지만, 머리는 한꺼번에 여러 가지 생각을 할 수가 있다.

단운비를 지척지간에서 처음 본 예소약의 머리에 순간적으로 떠오른 두 가지 생각이 있다.

하나는 단운비가 너무나도 잘생겼다는 사실이다.

그리고 또 하나는 그의 모습이 왠지 낯이 익다는 것이다.

아니, 모습이 아니라 그의 눈빛이 낯설지 않았다.

그녀는 자신이 이곳에 무엇을 하러 왔는지조차 잠시 잊은 채 멍하니 단운비를 바라보기만 했다.

그녀는 자신의 반 장 앞에 앉아 있는 이 준수한 청년이 삼년 전에 항주성 거리를 비칠거리면서 오가던, 그러면서 벽검궁과 예소약 자신으로 인해서 깊은 상처를 받았던 그 상거지일 것이라고는 꿈에도 상상하지 못했다.

단운비는 그녀를 마주 보면서 묵묵히 있었다. 왜 자신을 넋을 잃고 쳐다보는지 궁금했으나 묻지도 않고, 처음 질문에 대해서 다시 묻지도 않았다.

사실 그는 일 년쯤 전에 예소약을 한 번 본 적이 있었다.

우연히 마주친 것이 아니라 벽검궁에 직접 찾아갔었다.

그 당시에 그는 창천해상단 총태두로 임명된 직후였으며, 무공은 초일류고수 수준이었다.

그는 지난 삼 년여 동안 예소약과 벽검궁으로부터 받은 처절했던 고통과 수모를 하루도 잊지 않고 가슴에 꾹꾹 담아두고 있었다.

그래서 총태두가 되고 어느 누구에게도 업신여김을 당하지 않을 정도의 고수가 된 그때 예소약을 찾아가서 과거의 수모를 되갚아줄 생각이었다.

아니, 예소약뿐만 아니라 그녀가 속한 벽검궁에도 마땅한 복수를 하고 싶었다.

그렇지만 결론적으로 그는 예소약에게도, 벽검궁에도 복수하지 않고 그냥 벽검궁을 빠져나왔다.

딱히 복수를 그만둔 이유라고 꼽을 것도 없었다. 예소약 주위에서 반 시진 남짓 동안 숨어 있으면서 그녀를 지켜보다가 그냥 복수가 부질없다는 생각을 하고 그만둔 것이다.

삼 년 전에 단운비는 예소약 때문에 마음의 깊은 상처를 입었으나, 이제 와서 새삼 돌이켜 보면 예소약이 그에게 저지른 잘못은 실수에 가까운 것이었다.

그리고 벽검궁 무사들이 단운비를 늘씬하게 두들겨 패서 구덩이에 버렸던 것은 예소약의 잘못이 아니었다.

보통 사람들 같으면 그런 것을 가슴에 품고 있다가 자신에게 그럴 만한 능력이 생기면 가차없이 복수를 할 것이다.

그러나 단운비는 분노와 한을 키운 것 이상으로 수양심도 함께 키웠다.

철천지원수가 아닌 바에야 구태여 쓸데없는 복수는 하고 싶지 않았던 것이다.

“아…….”

열 호흡쯤이 지나서야 예소약은 자신의 실수를 깨닫고 화들짝 놀라서 나직한 탄성을 흘렸다.

부탁을 하러 와서 한참 동안이나 해룡신의 얼굴을 보며 넋을 잃고 있었으니 그녀 스스로도 기가 막힐 노릇이었다.

그녀는 당황함을 모면해 보려는 듯 일어나서 단운비에게 포권지례를 취했다.

“소… 녀는 벽검궁의 예소약이라고 해요.”

단운비는 그녀를 응시할 뿐 아무 말도, 자신을 소개하지도 않았다.

그러자 예소약은 뜨악한 표정으로 엉거주춤했다.

그렇게 잠시가 지났는데도 단운비가 아무런 말이 없자 그녀는 조심스럽게 의자에 앉았다.

그런데 그 뜨악한 분위기 덕분에 그녀는 어느 정도 정신을 수습할 수 있었다.

"저……."

후룩.

단운비는 단홍이 따라놓은 차를 느긋하게 마셨다.

"창천해상단의 동해안 지부들에 도움을 받고 싶어요."

아무런 반응을 보이지 않고 차만 마시는 단운비를 예소약은 눈을 깜빡이면서 주시하며 말을 이었다.

"선친을 암살한 암살자들을 잡기 위해서는 귀단의 동해안 지부들이 꼭 필요해요."

이어서 그녀는 그 이유에 대해서 성의있게 꼼꼼히 설명을 시작했다.

이윽고 설명을 거의 마칠 즈음에 그녀는 단운비가 고개를 돌려 저만치 열어놓은 창을, 아니, 창밖을 바라보는 것을 발견했다.

그녀는 말을 멈추고 잠시 창밖을 바라보았다.

'비…….'

언제부턴가 창밖에는 주룩주룩 줄기차게 비가 내리고 있었다. 비는 정원의 만개한 수만 송이 꽃들과 푸른 초목을 촉촉하게 적셨다.

비가 내리기 전의 꽃과 초목은 풍성하고 아름다웠었는데, 흠뻑 비를 맞고 있는 꽃과 초목은 더욱 생동감이 넘치고 싱그러웠다.

예소약은 말을 다 끝내지도 못한 채 비에 젖고 있는 정원을 망연히 바라보기만 했다.

쏴아아.

두 사람은 한동안 그렇게 망중한(忙中閑)을 보냈다.

단운비는 비를, 아니, 비에 젖은 정원을 보면서 한소진을 생각하고 있었다.

그리고 그 생각은 자연스럽게 한소진이 저지른 것이 분명한 몇 건의 암살 사건으로 이어졌다.

지금 한소진이 죽였을지도 모르는 벽검궁주 예강조의 딸이 이곳에 도움을 청하러 와 있다.

오래전부터 단운비는 자신과 한소진이 몸도 마음도 하나라고 생각해 왔다.

그렇다면 한소진이 저지른 암살은 단운비에게도 책임이 있는 것이다.

그는 예소약이 찾아오기 전에도 그런 생각을 했었다. 그런데 그녀가 직접 찾아와서 그런 부탁을 할 줄은 예상하지 못했었다.

벽검궁주가 암살당했다는 소문이 퍼지고, 어쩌면 한소진의 소행일지도 모른다는 생각이 들었을 때, 단운비는 일 년쯤 전에 벽검궁에 잠입해서 예소약에게 복수 같은 것을 하지 않았던 것을 다행이라고 생각했다.

만약 그 당시에 예소약이나 벽검궁에 화풀이를 했었다면,
지금 그는 몹시 괴로워하고 있을 것이다.

'절강성과 강소성 일대의 주루와 객잔들을 감시하겠다니,
어떻게 그런 생각을…….'

그 생각은 일찍이 단운비가 했던 것이다. 그렇지만 창천해
상단의 지부를 사사로운 일에 사용할 수가 없어서 실행에 옮
기지 못하고 있었다.

그래서 임기응변으로 혈랑파와 하구촌 거지들을 모아 풍
우문을 개파하게 된 것이다.

하지만 그들만으로 한소진을 비롯한 무살과 삼십육비의
행적을 추적하는 것은 태부족이다.

그는 그런 기발한 생각을 예소약이 했다는 사실에 그녀를
새삼스럽게 보게 되었다.

비가 점차 거세졌다. 빗줄기에 꽃잎이 떨어지고 꽃줄기가
꺾여 땅에 떨어지는 바람에 오래지 않아서 정원은 지저분하
게 변했다.

조금 전까지만 해도 비로 인해서 싱그러웠던 정원이 이제
는 비 때문에 흉물스럽게 변하고 있는 것이다.

"실례가 안 된다면……."

"아!"

이윽고 단운비가 처음으로 말문을 열었다.

예소약은 아까 단운비를 쳐다봤을 때처럼, 지금은 비 오는

정원을 보느라 정신이 팔려 있다가 깜짝 놀랐다.

단운비는 정원에서 시선을 거두어 예소약을 쳐다보았다.

"어떻게 그런 것에 착안을 했는지 말해줄 수 있겠소?"

예소약은 조심스럽게 단운비를 바라보았다. 아까 같은 충격은 없지만 그래도 마음이 많이 흔들렸다.

단운비에게 호감을 느낀다거나 이성으로서 가까워지고 싶은 그런 마음은 조금도 들지 않았다. 단지 그가 너무 잘생겼다는 이유 하나 때문이었다.

"사실은 소녀의 생각이 아니에요."

예소약은 촉촉한 목소리로 입을 열어 암살자들의 동향을 파악하기 위해서 주루와 객잔을 감시하자는 얘기가 나오게 된 경위를 설명했다.

말을 하다 보니까 독고연지가 예강조 부부의 살해 현장을 너무도 완벽하게 파헤친 이야기도 곁들여서 할 수밖에 없게 되었다.

'독고연이라는 여자는 혹시……'

설명을 다 듣고 난 단운비는 문득 그런 생각이 들었다. 그동안 까맣게 잊고 지냈던 정혼녀 금검보의 소보주 독고연지가 떠오른 것이다.

예소약은 예강조 부부 살해 현장을 살피고 여러 가지 조언을 해준 여자의 이름이 '독고연'이라고 했다. 그래서 단운비는 퍼뜩 독고연지를 떠올린 것이다.

단운비는 예소약에게 독고연이라는 여자의 용모에 대해서
물으려다가 그만두었다.

금검보의 소보주 독고연지가 수천 리나 떨어진 이곳 항주
성에서 그것도 벽검궁의 암살 사건을 캐고 있을 리가 없다는
생각이 들었던 것이다.

그렇더라도 예소약 때문에 불쑥 떠오른 독고연지에 대한
생각은 쉽게 머리에서 지워지지 않았다.

한 번도 본 적은 없지만 한때는 정혼녀였고, 그녀로 인해서
단운비의 거짓 타락과 방탕이 시작되었다.

따지고 보면 단운비가 그토록 파란만장한 사 년여를 살았
던 것의 시작에는 독고연지가 있었다.

그가 생각에 잠겨 있는 동안 예소약은 꼿꼿하게 앉은 채 그
가 입을 열기만 기다렸다.

약 일다경의 시간이 지났을 때 단운비가 만지작거리던 찻
잔을 내려놓고 예소약을 쳐다보았다.

"소궁주의 부탁을 들어주겠소."

"아……."

예소약은 크게 기쁜 표정을 지었다. 단운비가 이처럼 선선
하게 수락할 줄은 예상하지 못했기에 기쁨은 더 컸다.

"본 단은 절강성과 강소성에 도합 삼십칠 개의 지부와 이
백여 개의 분점(分店)을 보유하고 있소. 더불어서 낭자가 원
한다면 산동성의 십오 개 지부와 백여 개 분점까지 활용해도

좋소."

예소약은 너무 기쁘고도 고마워서 두 손을 가슴에 모으고 얼굴이 빨개졌다. 단운비에게 고맙다는 인사를 하는 것마저 잊고 있을 정도다.

단운비가 예소약의 부탁을 쾌히 수락한 데에는 다 그만한 이유가 있었다.

원래 그는 창천해상단의 지부를 이용하고 싶었지만, 자신의 사적인 일에 사용한다는 것과 자신의 행적이 창천해상단 사람들에게 노출되는 것을 우려해서 하지 않고 있었다.

그런데 이제는 벽검궁에 도움을 준다는 명분이 있기 때문에 가능해졌다.

창천해상단 동해안 일대 지부를 이용하는 것은 단운비가 아니라 벽검궁인 것이다.

단지 명분뿐이지만 그 사실은 단운비에게 큰 위로가 되어 주었다.

창천해상단 지부를 통해서 알아낸 정보는 제일 먼저 단운비에게 보고될 것이기 때문에 한소진에 대한 정보가 예소약에게 새어나갈 염려는 없었다.

"암살자들에 대한 정보가 입수되는 대로 낭자에게 알리도록 하겠소."

"그렇게 하면 번거로우실 텐데 소녀가 이곳에 상주할 수는 없을까요?"

단운비의 말에 예소약이 조심스레 부탁했다.

단운비는 선선히 고개를 끄덕였다.

"좋도록 하시오."

예소약은 일이 생각했던 것보다 더 잘 풀리고, 더군다나 해룡신이 너무 좋은 사람이라는 사실을 알게 되어 날아갈 듯이 기뻤다.

"비어 있는 전각 한 채를 내줄 테니 수하들을 데려와서 사용해도 좋소."

"그렇게까지……."

부모의 암살로 큰 상처를 입고 시름에 빠져 있던 예소약에게 제일 먼저 위로의 손길을 뻗은 사람은 독고연지였다.

그리고 두 번째가 단운비다. 독고연지는 마음으로, 단운비는 물질과 성의 둘 다로 예소약의 마음을 터지기 직전으로 만들었다.

"하늘 같은 은혜를 입었어요. 죽는 날까지 무슨 일이 있어도 해룡신의 은혜를 꼭 갚겠어요."

예소약이 일어나 진심 어린 표정으로 포권지례를 하자 단운비는 단홍이 새로 따라준 찻잔을 들며 조용한 어조로 입을 열었다.

"몇 년 전에 내 친구가 소궁주에게 받은 은혜를 갚는 것뿐이오."

뜬금없는 말에 예소약은 눈을 동그랗게 떴다.

"해룡신의 친구라뇨? 그가 누군가요?"

단운비는 삼 년 전 항주성 하구촌의 상거지였던 단운비를 지금 이 순간 자신의 친구로 만들었다.

그는 예소약에게 어떤 형태로든 예전의 상거지 단운비가 겪었던 일을 알려주고 싶다는 생각이 들었다. 그렇게 해서 그녀에게 뭔가 깨우침을 주고 싶은 것이다.

예소약은 어리둥절해졌다. 항주성 최고의 거물인 해룡신의 친구가 자신에게 은혜를 입었다니, 아무리 생각해 봐도 터럭만 한 것조차 기억나지 않았다.

그녀는 잔뜩 호기심 어린 표정으로 단운비를 말끄러미 바라보며 그의 다음 말을 기다렸다.

단운비는 시선을 다시 창밖으로 던지고 처연하게 내리는 빗줄기를 바라보았다.

"삼 년여 전에 내 친구는 피치 못할 곡절이 있어서 항주성에서 거지 노릇을 한 적이 있었소."

"……!"

'거지'라는 말에 예소약의 머릿속에 한줄기 번갯불처럼 꽂혀드는 한 사람이 있었다.

"그 친구는 소궁주와 벽검궁에 몇 차례 도움을 받았다고 내게 얘기한 적이 있소."

"도움이라니……."

예소약의 새빨간 입술 사이로 한숨 같은 중얼거림이 새어

나왔다.

그녀는 지금 단운비가 말하고 있는 '거지'가 자신이 알고 있는 '거지'가 분명하다고 확신했다.

아니, 그는 거지가 아니다. 나중에 알게 된 사실이지만, 그는 대신룡문의 소문주였다.

그 당시에 그 거지는 예소약에게 훌륭한 솜씨로 초상화를 그려주어서 벽검궁의 당주를 암살한 흉수, 즉 제천방의 적혼당주를 잡아서 죽일 수 있도록 해주었었다.

그런데 그 거지는 대가로 벽검궁의 위치만을 가르쳐달라고 요구했었다.

그리고는 예소약은 거지에 대해서 잊어버렸었다. 그런데 이후 거지가 벽검궁에 찾아왔다가 죽도록 얻어맞고 버려졌다는 보고를 들었다.

그러나 그 거지는 죽지 않았다. 가끔씩 항주성에서 마주쳤었는데, 그때마다 이상하게도 일이 꼬여서 예소약은 그에게 상처를 입혔었다.

그리고 삼 년여가 흐르는 동안, 그 사실은 내내 예소약의 가슴속에 짙은 앙금으로 남았다.

그 거지를, 아니, 단운비를 다시 만나면 용서를 빌고 오해를 풀고 싶었으나 그럴 기회가 닿지 않았다.

그런데 지금 이 자리에서 해룡신의 입을 통해 단운비의 얘기를 듣게 될 줄은 상상조차 하지 못했다.

"대인, 그분이 소녀에게 도움을 받았다는 것은 당치도 않아요. 소녀는……."

예소약은 가슴을 쥐어뜯을 것 같은 표정으로 말을 꺼냈으나 곧 목이 메어 말을 잇지 못했다.

털썩!

그녀는 바들바들 몸을 떨다가 그 자리에 주저앉으며 울음을 터뜨렸다.

"으흐흑! 소녀는 그분에게 몹쓸 짓을 했답니다……. 그런데 도움이라니……."

그 일만 생각하면 예소약은 잠을 이루지 못했고 식욕을 잃었으며, 가슴이 뻥 뚫린 것처럼 허무하고 착잡했었다.

단운비는 묵묵히 예소약을 굽어보았다. 자책하고 오열하는 그녀를 보면서, 그는 일 년 전에 그녀를 용서했던 것하고는 조금 다른 의미의 용서를 했다.

"일어나시오."

그는 손수 손을 뻗어 예소약의 어깨를 잡아 일으켜서 자리에 앉혀주었다.

"그분을… 만날 수 있나요? 소녀는 그분의 용서를 받아야만 해요."

예소약은 눈물범벅인 얼굴로 단운비를 바라보았다.

단운비는 이쯤에서 예소약과 상거지 단운비와의 인연을 끊어줘야겠다고 생각했다.

“그는 죽었소.”

“…….”

그렇게 말하면 예소약이 더 이상 그 일에 연연하지 않을 것이라고 생각했다.

그러나 그의 예상이 빗나갔다. 빗나가도 그냥 빗나간 것이 아니라 완전히 잘못 짚었다.

단운비가 죽었다는 말을 듣는 순간 예소약의 얼굴색이 새하얗게 변했다.

“어… 언제… 어떻게… 돌아… 가셨나요…….”

단운비는 사람의 얼굴이 순식간에 이처럼 하얗게 탈색될 수 있다는 사실을 처음 알게 되었다.

“그는 바다에서 익사했소.”

이왕 내친걸음이다. 이제 와서 거짓말이었다고 할 수는 없는 일이다.

그래서 단운비는 자신이 독천에서 추락하여 바다에 표류할 때 죽은 것으로 만들었다.

그것은 어떤 점에서는 거짓말이라고 할 수 없었다. 그때 그는 죽었었다.

바다를 표류하면서 절반은 현실이고 절반은 꿈인 양, 그는 세상의 모든 것과 단절했다.

신룡문과 그리고 자신이 지니고 있던 얼마 되지 않은 것들과 영원히 단절했다.

그는 죽어가면서 단 하나의 소망, 한소진을 한 번만 더 볼 수 있기를 간절히 빌었다.

그리고 지금도 그가 살아 있는 이유는 한소진을 다시 만나기 위해서다. 그것이 아니라면 그는 살아 있을 하등의 이유가 없다.

"시신은 찾… 았나요……?"

단운비는 스스로의 격한 감정에 사로잡혀서 예소약의 목소리가 꺼져 가는 촛불처럼 미약하다는 사실을 미처 감지하지 못했다.

"찾지 못했소. 그는 바다에서 고기밥이 되었을 것이오."

"아아……."

예소약은 탄식을 흘리면서 탁자에 엎드려 어깨를 들먹이며 그때부터 결사적으로 울기 시작했다.

그러더니 어느 순간 그대로 혼절해 버리고 말았다. 상심이 너무 컸기 때문이다.

단운비는 예소약을 안아서 침상으로 옮기며 생각했다.

자신은 그때 그 바다에서 죽은 것이라고.

第四十三章
마녀, 낙양으로……

풍림화산

항주성 서쪽에 위치한 서호는 사실 두 개의 호수로 이루어
져 있다.

여러 개의 계류들이 흘러들어 오는 작고 길쭉한, 그리고 아
름답기 그지없는 호수의 이름은 이호(裏湖)다.

드넓은 서호하고는 달리 이호는 연꽃과 갈대, 수많은 수초
로 뒤덮여 있어서 아늑하고 조용하다.

그곳 이호의 남쪽 저 유명한 법상사(法相寺) 근처 호숫가에
다루 향심정이 위치해 있다.

사박.

독고연지는 조금 긴장된 마음으로 다루 이층의 마지막 계

단에 올라서서 천천히 실내를 둘러보았다.

하지만 둘러보고 자시고 할 것도 없이 실내에는 창가 자리에 한 사람만 앉아 있었다.

창천장에서 그녀에게 전음을 보냈던 바로 그 청년이다.

독고연지는 망설임없이 곧장 그에게 다가가 맞은편 자리에 앉았다.

청년 청산의 앞에는 그윽한 향기를 풍기는 차 한 잔이 놓여 있지만 그는 손도 대지 않은 채 창밖을 응시하고 있었다.

독고연지가 앉자 그는 창밖에서 시선을 거두어 그녀를 쳐다보며 단도직입적으로 말문을 열었다.

"창천장에는 무슨 일로 왔었소?"

독고연지는 말끄러미 청산을 바라보았다.

그녀의 시선이 얼굴에 닿는 순간 청산은 생전 처음 느끼는 기이한 기분을 맛보았다.

그녀의 시선이 청산의 머릿속과 마음을 한 겹씩 켜켜이 해부하는 듯한 느낌이었다.

그녀의 눈빛은 단운비의 눈빛과 매우 닮았다. 그 눈빛 때문에 청산은 단운비 앞에서는 거짓말은커녕 잔머리를 굴릴 엄두조차 내지 못한다.

"신룡문의 소문주이신 단운비 상공을 만나러 갔었어요."

"……"

너무도 솔직한 대답에 청산의 얼굴이 크게 흔들렸다. 짐작했던 것보다 독고연지는 더 대단한 여자가 틀림없다.

원래 그녀는 청산이 누구냐고 물어야 정상이다. 그런데 고분고분한 대답이 오히려 청산의 허를 찔렀다.

"그를 왜 만나려고 하시오?"

청산은 강남제일의 두뇌를 지닌 독고연지에게 휘둘리지 않으려고 마음을 단단히 먹으면서 다시 물었다. 자신의 내심을 들키지 않는 방법 중에서 질문은 단연 으뜸이다. 질문이 끊어지면 곤란하다.

독고연지는 대답하지 않고 점소이를 불러 차를 주문했다.

대화가 길어질 것이라는 암시를 던지고 있는 것이다. 그리고 자신은 조금도 급할 것이 없다는 암시도 주고 있었다. 그러면 급한 사람은 자연히 청산이 된다.

"당신은 왜 그분을 찾아다녔나요?"

질문으로써 주도권을 잡으려던 청산의 계산은 독고연지의 질문에 대한 질문 때문에 무산되었다. 그 질문에는 딱히 다른 질문을 할 만한 것이 없었다.

게다가 그녀는 청산이 누군지 이미 알고 있는 듯하다. 그가 단운비를 찾아다녔다는 사실을 알고 있지 않은가.

독고연지는 질문을 하면서 창천장에 있는 해룡신이 단운비가 틀림없다는 확신을 갖게 되었다.

"내가 그분을 찾는 것은 당연한 임무요."

청산이 예의 무미건조하고 착 가라앉은 어조로 말하자 독고연지는 예쁘게 배시시 미소 지었다.

"임무와 천리(天理) 중에 어느 것이 앞서나요?"

또 질문이다.

"물론 천리외다."

"제가 그분을 찾으려는 것은 천리예요."

"……."

청산은 또 말문이 막혔다. 독고연지는 단운비의 정혼녀다. 지금 그녀는 아내가 지아비를 찾고자 하는 것이 천리라고 말하는 것이다.

청산은 자신의 신분을 독고연지가 이미 알고 있다고 생각했다. 그러지 않으면 이런 대화가 나올 수가 없다.

"그분은 소보주와의 정혼 때문에 지금에 이른 것이오."

"알아요."

독고연지는 고개를 끄덕이며 동감을 표시했다.

"손교 손 낭자에게 단운비 상공에 대해서 자세히 들었어요. 그리고 당신에 대해서도."

청산의 짐작이 맞았다. 독고연지는 비단 청산을 알고 있을 뿐만 아니라 미상불 단운비에 대해서 많은 것을 알고 있는 듯했다.

독고연지는 자리에 앉은 이후 많은 말을 하지 않았으나, 그녀가 한 몇 마디 말은 어쩌면 길어질 수도 있었을 구구한 서론을 단번에 없애 버렸다.

그녀도 청산도 이제 본론을 애기할 준비가 되어 있었다.

청산은 잠시 묵묵히 독고연지를 응시하다가 두 손을 각지를 끼고 팔꿈치를 탁자에 얹으면서 입을 열었다.

"신룡문과 금검보의 정혼을 어떻게 생각하시오?"

대답 여하에 따라서 청산은 그녀를 든든한 조력자로 만들 것인지, 아니면 쳐낼 나뭇가지로 여길 것인지를 결정하게 될 것이다.

"정혼이란 무의미한 것이에요."

"그렇소?"

"하지만 모든 것을 다 아우를 수 있다면 좋지 않을까요?"

그렇게 말하는 독고연지의 몸에서 은은한 광채가 뿜어지는 것 같은 느낌을 청산은 받았다.

"모든 것이란 무엇이오?"

"신룡문주와 소녀의 가친께선 어떤 목적 때문에 양가의 정혼을 맺었어요."

"그렇소. 소보주와 주군께선 일면식도 없고 서로 사랑하지도 않는 사이요."

청산은 독고연지 앞에서 스스럼없이 단운비를 '주군' 이라고 칭했다. 그것은 지금 그와 단운비와의 관계를 대변하는 것이다.

"소녀는 양쪽 아버님의 뜻도 받들고 소녀와 단 상공의 사이도 좋아진다면 무리없이 혼인할 수 있다고 생각해요."

그렇게만 된다면 더 이상 바랄 것이 없다. 그러나 문제는, 단운비에겐 이미 여자가 있다는 사실이다.

그에게 한소진은 운명이고 목숨 같은 존재다. 그러므로 독고연지는 단운비에게 비집고 들어갈 틈이 없다.

하지만 청산은 독고연지와 단운비 사이의 연애사(戀愛事)에 개입할 뜻은 조금도 없었다.

연애라는 것은 순전히 개인적인 것이다. 아무리 단운비가 주군이라고 해도 청산이 나서서 가타부타 할 수는 없었다.

이윽고 청산은 마음에 품고 있던 말을 꺼냈다.

"소보주의 도움이 필요하오."

독고연지는 보석처럼 빛나는 눈으로 청산을 응시했다.

"어떤 도움이죠?"

"주군을 도와주시오."

'주군을 도와 그와 한소진이 행복하게 잘살도록 해주시오'라는 뒷말은 생략되었다. 하지만 청산은 거짓말을 하지는 않을 생각이다. 있는 그대로 사실 모두를 차근차근 말해줄 생각이다.

"돕겠어요."

달그락.

독고연지의 자늑한 목소리를 들으면서 청산은 찻잔을 집어들었다.

어디에서부터 어떻게 설명을 시작할 것인지 갈피를 잡기

위해서다.

그때 독고연지가 그의 내심을 읽고 조용히 말했다.

"단 상공께선 혈랑파의 시랑을 죽이고 그자의 수급을 갖고 흑사파로 가던 중에 실종되셨는데, 거기부터 설명을 하면 될 것 같군요."

청산의 얼굴에 움찔 놀라움이 스쳤다. 독고연지가 마치 자신이 본 것처럼 그 당시의 상황을 설명했기 때문이다.

그로 미루어 그녀가 그동안 얼마나 많은 조사를 했는지 짐작할 수 있었다.

청산은 그녀의 말에서, 단운비가 개봉성 취봉각에서 실종된 것부터 항주성 혈랑파 앞에서 실종된 것까지 조사를 마친 것이라고 알아들었다.

"그럼 그때부터 설명하겠소."

청산은 지금 상황에서는 오로지 독고연지만이 단운비를 도울 수 있다고 판단했다.

대천회가 재차 창천해상단을 공격할 것은 불을 보듯이 뻔한 일이다.

그런데 그것뿐이 아니다. 단운비는 한소진을 찾으려고 하기 때문에 대천회하고는 언젠가는 부딪칠 수밖에 없다.

말하자면 지금은 폭풍전야라고 할 수 있다.

이윽고 청산은 자신이 알고 있는 단운비의 행적에 대해서 설명을 시작했다.

그의 설명이라는 것은, 미사여구와 구구한 추론, 자신의 추측 따위를 완전히 배제한 절제된 설명이다. 그것은 단운비와 많이 닮아 있었다.

지옥도의 짐승 같은 생활과 한소진과의 만남, 그리고 그녀와의 수중 동굴에서의 삶. 이후 한소진이 납치를 당하고, 단운비가 그녀를 구하기 위해서 독천에 잠입, 생사를 건 악전고투 끝에 바다에 추락하여 표류한 것까지, 청산의 설명은 수만 년의 역사 속으로 흘러드는 유구한 강물처럼 묵직하게 이어졌다.

청산은 이야기를 하는 동안 독고연지의 새로운 면을 알게 되었다.

머리가 좋은 사람들은 대부분 냉정하다. 그런데 독고연지는 너무도 고운 심성을 갖고 있는 듯했다.

청산의 말 한마디에 일희일비(一喜一悲)하면서 소리없이 눈물을 흘리는 그녀를 보면서 청산은 그녀가 너무도 인간적이라는 사실을 깨닫게 되었다.

독고연지는 너무 울어서 두 눈이 새빨개졌다. 특히 단운비와 한소진의 애틋한 사연을 설명할 때에는, 탁자에 엎드려 어깨를 들먹이며 흐느껴 울었다.

그녀는 자신의 정혼자인 단운비가 한소진을 목숨만큼 사랑한다는 사실을 알면서도 개의치 않았다.

그녀는 자신이 단운비가 된 듯, 그리고 한소진이 된 것처

럼, 두 사람의 이별 내용에서는 거의 혼절할 것처럼 격하게
울었다.

　설명을 다 끝냈을 때, 청산은 한 가지 마음의 결정을 내리
게 되었다.

　만약 독고연지가 단운비의 여자가 된다고 하더라도, 자신
은 반대하지 않을 것이라고.

*　　　*　　　*

　쿠우우.

　전체가 먹처럼 검으며 하나의 작은 산처럼 거대한 한 척의
흑선이 칠흑 같은 어둠 속에서 항해를 하고 있었다.

　독천이다.

　바다처럼 거대한 강이 동해와 합쳐지는 곳.

　산동성 동영(東營) 앞바다였다.

　수만 년 동안 황하가 쏟아놓은 토사(土砂)로 인해서 황하(黃
河)가 바다와 합쳐지는 어귀는 수심이 매우 얕아 조그만 배조
차도 잘 다니지 못하는 실정이다.

　그런데도 거대한 독천은 깊은 곳만을 찾아서 한 번도 모래
에 걸리지 않고 순조롭게 황하에 진입하는 데 성공했다.

　독천의 배 앞머리에 한 여자가 서 있다.

　허리까지 이르는 긴 머리카락을 강바람에 흩날리는 그녀

는 핏물보다 더 짙은 새빨간 혈의(血衣)를 입고 있었다.

반면에 옷 밖으로 드러난 얼굴과 두 손의 살결은 너무 희어서 뼛속까지 내비칠 듯하다.

천마신공을 더 깊이 연공하면 할수록 그녀의 몸은 더 희어지고 있었다.

심지어 머리카락까지도 희어진다. 현재 그녀의 머리는 반백(半白)이 된 상태였다.

서 있는 여자는 한소진, 아니, 혈일이다.

현재 그녀는 천마신공을 칠성까지 연성했다. 얼마 전보다 일성 더 증진되었다.

그것은 마성(魔性)도 그만큼 더 깊어졌다는 뜻이다.

천마신공을 익힌 사람은 천마신이 된다. 그것은 거스를 수 없는 숙명이다.

"혈삼(血三)."

원래도 천하에 짝을 찾아보기 어려울 만큼 아름다웠던 그녀지만, 천마신공을 연공함으로써 마기(魔氣)의 영향으로 몇 배 더 아름다워진, 아니, 극미(極美)해진 그녀다.

피를 배어 문 듯 반지르르한 핏빛으로 윤기가 나는 그녀의 입술이 나풀거리며 누군가를 불렀다.

"부르셨습니까?"

그러자 언제 나타났는지 한 명의 흑의청년이 그녀의 뒤에서 공손히 허리를 굽혔다.

　이십오륙 세가량의 나이에 가무잡잡한 피부, 양쪽 광대뼈가 불거졌으며 턱이 약간 돌출되었다. 두 눈은 움푹 꺼지고 강파른 날카로운 인상의 소유자였다.

　그는 독천의 서열 삼위인 혈삼의 신분이다. 얼마 전까지만 해도 사무살 중 한 명으로 불렸으나 지금은 사무살이나 삼십육비 같은 호칭은 사용하지 않는다.

　"낙양까지는 얼마나 걸리느냐?"

　모습을 보지 않고 다만 듣는 것만으로도 오줌을 지릴 것 같은 매혹적이고 아름다운 목소리다.

　혈삼은 즉시 대답하지 못했다. 그 목소리에 홀렸고, 혈일의 뭐라고 표현할 수 없을 만큼 완벽한 뒷모습에 잠시 넋을 잃었기 때문이다.

　"이십 일이 소요될 것으로 예상됩니다."

　혈삼은 퍼뜩 정신을 차리고 공손히 대답했다.

　혈일은 아무것도 보이지 않는 전방에 시선을 고정시킨 채 중얼거렸다.

　"열흘 안에 당도하도록 하라."

　이십 일 걸리는 뱃길을 반으로 줄여서 열흘에 가라는 것이다. 무리해도 너무 무리한 요구다.

　"명을 받듭니다."

　그러나 혈삼은 추호도 이견을 달지 않고 즉시 깊숙이 허리를 굽혔다.

"낙양성에서 죽일 놈들이 모두 몇 명이지?"

"백삼십구 명입니다."

"하남성에서는?"

"모두 천사백구십팔 명입니다."

"호오……."

혈일의 입꼬리가 사르륵 말려 올라갔다.

미소다.

보는 것만으로도 눈이 멀어버릴 것 같은 아름다운 마소(魔笑), 아니, 천마소(天魔笑)다.

반걸음 앞쪽으로 나와 옆에서 혈일을 쳐다보던 혈삼의 눈동자가 크게 흔들렸다.

현재 독천에 상주하고 있는 천여 명의 수하는 혈일에게 무조건 충성하고 있었다.

그들 천여 명은 예전 대천회 휘하에 있을 때보다 두 배 이상 고강해졌다.

그 원인은 혈일이 그들 모두에게 자신의 피를 먹였기 때문이다.

혈일의 피는 독혈(毒血)이면서 보혈(寶血)이다.

그녀는 자신의 피 한 홉을 열 명에게 나눠 먹이는 식으로 열흘에 걸쳐서 천여 명 모두에게 독혈이며 보혈을 먹였다.

그로써 독천의 천여 명은 모두 독인이 되었다. 반면에 무슨 무공을 익히든 완벽하게 익힐 수 있는 신체로 변모했다.

파라락.

독천에서 가장 높은 누각 지붕의 삼각 깃발이 거센 바람에
찢어질 듯이 펄럭인다.

삼각 깃발에는 두 글자가 선명한 핏빛으로 수놓아져 있었
다.

飛素.

비소. 단운비의 '비' 와 한소진의 '소' 이다.

이 거대하고 검은 흑선은 열흘 전부터 독천이라는 이름을
버리고 '비소' 라는 새 이름을 얻었다.

'비소선(飛素船)' 이 이 배의 이름이고, 수하 천여 명을 이끌
고 있는 이 집단의 이름은 '비소도(飛素島)' 다.

혈일은 비소선을 하나의 섬으로 여기고 있었다. 모든 것을
버리고 다시 돌아가고 싶은 영혼의 고향 지옥도를 그리는 마
음에서 섬 '도(島)' 자를 썼다.

과거 사무살과 삼십육비에겐 생각하는 것조차 소름끼치는
지옥도지만, 혈일에겐 더없이 포근한 마음의 고향이다.

그곳에는 수중 동굴이 있고, 단운비와의 꿈결 같은 추억이
깃들어 있기 때문이다.

문득 혈일의 붉은 꽃잎 같은 입술이 나풀거렸다.

"낙양성에서 제일 먼저 죽일 놈은 누구냐?"

혈일의 옆모습에 넋이 빠져 있던 혈삼은 급히 대답했다.

"신룡문주 단도후입니다."

"흠! 그놈 성이 단씨라니, 기분 나쁘군."

혈일은 냉소를 흘렸다.

"흥! 그놈은 좀 더 잔인하게 죽여야겠구나."

"그러십시오, 도주(島主)."

혈일은 이마에 흐트러진 반백의 머리카락을 쓸어 올렸다.

"혈이(血二)."

스으으.

그러자 그녀의 오른쪽에 자욱한 흑무가 피어나는 듯하더니 곧 한 명이 모습을 드러냈다.

너무도 아름다운 청년이다. 단지 눈초리가 가늘게 찢어지고 입술이 얇은 것이 흠이라면 흠이었다.

예전에는 그런 모습이 아니었는데, 지옥도에 오고 난 이후부터 모습이 점차 변하더니 지금의 모습이 되었다.

그가 바로 독천, 아니, 비소도의 이인자인 혈이다.

혈이의 눈 속 깊숙한 곳에서는 흐릿한 홍염이 가벼이 일렁이고 있었다.

그 역시 천마신공을 배웠기 때문이다. 아니, 현재도 배우고 있는 중이었다.

혈일은 혈이뿐만 아니라 비소도의 모든 수하들에게 천마신공을 배우도록 했다.

그들 중에서 혈일 자신을 능가하는 자가 나온다고 해도 상관이 없었다.

그러나 그녀는 확신하고 있다. 자신을 능가하는 자는 절대 나오지 않으리라고.

혈삼에게 그랬던 것처럼, 혈일은 혈이에게 시선조차 주지 않고 물었다.

"대천회는 어떻게 돼가고 있느냐?"

혈이는 공손히 허리를 굽혔다.

"거의 파악이 끝나가고 있습니다."

허리를 편 그는 조심스럽게 혈일의 옆모습을 바라보았다.

그러나 그의 눈빛은 혈삼과 사뭇 다르다. 혈삼의 눈빛이 연모와 욕정의 그것이라면, 혈이의 눈빛은 존경이다.

"나는 하남성에서의 일을 두 달 안에 끝낼 생각이다. 그러므로 너는 대천회의 일을 그 안에 끝내야 할 것이다."

원래 혈이는 방대한 대천회의 조직과 세력을 조사하는 데 다섯 달 정도를 잡고 있었다.

"명을 받듭니다."

하지만 그는 공손히 대답하며 예를 취했다.

그러면서 속으로 개방(丐幇) 거지들의 목을 비틀어서라도 다그쳐서 임무를 완수하겠다고 다짐했다.

얼마 전, 혈이는 개방 방주 철신개(鐵神丐)를 제압하여 개방을 수중에 넣는 데 성공했다.

개방을 이용하면 천하에서 알아내지 못할 정보가 없으며 잠입하지 못하는 곳이 없다.

혈이는 이곳 비소도의 두뇌다. 그는 지옥도에 납치되기 전에 강호에서 가장 잘나가는 후기지수 중 한 명이었다.

또한 무당 장문인의 대제자(大弟子)였으며, 출가하기 전에는 천하제일의 대학사(大學師) 염유군(廉維君)의 장남이기도 했다.

"하남성의 일을 끝낸 후에 곧바로 대천회를 쓸어버릴 것이다. 차질이 없도록 해라."

"명심하겠습니다."

혈이와 혈삼은 공손히 허리를 굽혔다.

비소선은 삼천존의 휘하에 있을 때보다 두 배 이상 강력해졌다. 그리고 현재도 빠르게 강해지고 있었다.

또한 비소선은 대천회 휘하였으나 이제는 대천회를 집어삼키려는 불가사리로 변했다.

혈일은 그저 복수 따위나 하려는 생각이 아니다. 천하를 자근자근 짓밟은 후에 자신의 손아귀에 넣으려는 야심을 품고 있었다.

"네가 생각하기에는 잘될 것 같으냐, 현궁(玄穹)?"

그렇게 말하면서 혈일은 천천히 돌아서서 한곳을 응시했다.

입꼬리가 사르륵 말려 올라간 그녀의 시선이 멈춘 곳에는 괴이한 모습의 한 사람이 있었다.

한 명의 벌거벗은 노인이 무릎을 꿇은 채 턱을 바닥에 대고 엎드린 자세를 취하고 있었는데, 노인의 목에는 가느다란 쇠사슬이 목걸이처럼 묶여 있고, 그곳에서 연결된 긴 쇠사슬이 가까운 곳의 기둥에 묶여 있었다.

마치 기르고 있는 개 같은 모습이었다.

현궁이라고 불린 노인은 반백의 수염이 덥수룩한 턱을 바닥에서 떼고 혈일을 쳐다보았다.

이어서 고개와 궁둥이를 흔들면서 소리를 냈다.

"멍! 멍! 멍!"

혈일은 빙그레 미소 지었다.

"오호! 잘될 것 같다고?"

"멍멍멍!"

노인은 개처럼 엎드린 자세에서 앞발을 들었다 내렸다 하면서 짖어댔다. 제 딴에는 아양을 떨고 있는 것이다.

"기특한 놈이다. 혈삼, 현궁에게 먹이를 줘라."

혈일의 말에 현궁이라는 노인은 입에서 침을 질질 흘리며 눈을 빛냈다.

혈삼은 천천히 현궁에게 걸어가면서 주위에 있는 수하를 손가락으로 불렀다.

그러자 수하 한 명이 즉시 하나의 찌그러진 그릇을 들고 달려왔다.

혈삼은 그릇에서 고기가 제법 많이 달라붙은 뼈다귀 하나
를 꺼내 현궁의 코앞에서 이리저리 흔들며 키득거렸다.

"킬킬. 이 개놈아, 네가 얼마 전까지만 해도 우리들 목숨을
쥐고 있던 삼천존이라는 사실을 누가 믿겠느냐?"

철그럭!

현궁은 혀를 내밀어 뼈다귀를 핥으려고 하는데 쇠사슬 때
문에 앞으로 전진하지 못하자 혀를 한껏 길게 빼고는 간절한
눈빛으로 혈삼을 올려다보았다.

딱!

"옛다, 먹어라. 옛날부터 이 살모사 나리는 모질지 못한 것
이 흠이었다."

혈삼은 뼈다귀로 현궁의 머리를 한차례 세게 때린 후에 바
닥에 던져주었다.

현궁은 지독한 아픔 때문에 옆으로 픽 쓰러졌다가 잠시 후
에 벌떡 일어나 뼈다귀를 입에 물고 미친 듯이 깨물어 먹기
시작했다.

혈일과 혈이, 혈삼은 그 광경을 흐릿한 미소를 지으면서 구
경했다.

*　　　*　　　*

저벅저벅.

풍우문 소진각 대전 입구로 두 사람이 나란히 걸어 들어가고 있었다.

두 사람은 독고연지와 청산이다.

그들은 창천장으로 갔다가 단운비가 풍우문에 있다는 말을 듣고 이곳으로 온 것이다.

마주치는 풍우문 제자들이 청산에게 공손히 예를 취했다.

소진각은 삼 층으로 되어 있었고, 단운비의 집무실이자 거처는 삼층에 있었다.

저벅저벅.

계단을 오르는 두 사람은 아무 말도 하지 않고 전면만 주시하고 있었다.

두 사람에게서 달라진 모습이 있다면, 독고연지의 두 눈이 조금 붉게 충혈되어 있다는 사실이다.

그녀는 얼마 전 향심정에서 청산의 설명이 끝난 후에도 반 시진이 넘도록 울음을 그치지 않았었다.

이윽고 삼층의 낭하를 걸어가면서 청산이 전방의 어떤 방문을 가리켰다. 그곳에 단운비가 있다는 뜻이었다.

두근두근.

그런데 갑자기 독고연지의 심장이 두방망이질 치기 시작했다. 그것은 예상하지 못했던 일이다.

조금 전까지만 해도 아무렇지 않았으며, 그녀의 마음은 평온했었다.

그런데 단운비의 방문 앞에 이르자 가슴이 두근거리는 것
은 물론이고 머릿속마저 하얘지고 있었다.
　장장 사 년여에 걸친 오랜 방황과 기다림 끝에 마침내 단운
비를 만나게 되는 것이니 어찌 마음이 평온할 수 있겠는가.
　척!
　드디어 청산이 방문을 열고 실내로 걸어 들어갔다.
　독고연지는 크게 심호흡을 한 후 천천히 걸음을 옮겼다.

『풍림화산』 5권에 계속…

Book Publishing CHUNGEORAM
풍림화산
임영기
新무협 판타지 소설
천당에서 지옥으로 질풍노도처럼[風] 거지에서 대살수로 웅크린 숲처럼[林]
복수의 화신으로 불길처럼[火] 악마에서 영웅으로 거대한 山이 된다.
풍림화산(風林火山)
한 사나이의 파란만장한 대역정이 웅장하고 장렬하게 펼쳐진다.
유행이 아닌 자유추구 -
WWW.chungeoram.com
Book Publishing CHUNGEORAM